蝴蝶
Seba

蝴蝶
Seba

蝴蝶

Seba

蝴蝶
Seba

蝴蝶館 42

曼珠沙華

Seba 蝴蝶 ◎ 著

elegantbooks

第一章

重重疊疊，沉重的桃花壓枝，開得如此囂鬧。

粉白、豔紅，遠遠近近。馥郁芳香直達天際。她有些惆悵的遙望無邊無際的桃花林，薄霧氤染，空氣中飽滿著香氣的溼潤。

伸出玉白的手，柔軟的花瓣飄在掌心，絲絨般的觸感。真像。這一切，如夢似幻，卻宛如真實。

分花拂枝，她在林間漫步。輕輕挪開一枝太過低垂的桃花時……她和一張玉面面面相覷。

人面桃花相映紅。丹鳳眼、刀裁墨眉，脣噙冷香，儒衣而配劍。

默默相對而無語凝視。

「你似乎來得太早啦。」她終於開口，「內部封測❶都還沒開始哪。」

「我正想這麼說呢！」玉面書生很感興趣的問，「迫不及待？」

她一笑，「難道你不是？」

他也笑，略微清冷的氣質轉得溫和，在脣間豎起食指，「妳沒看見我，我也沒看到妳。」

她笑得更燦爛，「成交。」

他的笑一斂，皺眉道，「不好。」抓住她的手，「好像被發現了……來。」拉著她開始奔跑。

真妙的感覺……很像，非常逼真。芳草在足下沙沙響，林風梳過髮際，奔久了會喘，汗滴爬過額頭。奔進桃林深處，看到那龐大沉思的人面蛇身像，她感到強烈的震撼。

「……企劃書中似乎沒有這個。」她喃喃。

他低低的笑，「噓……快下線。這兒下線，沒人查得到ＩＰ。」

「……你們這些寫程式的啊，」她啼笑皆非，「不搞些花招，日子不能過是不是？」

「你們這些寫腳本的，最討厭人搞花招，我知道。」他眨了眨眼，「快快，我同事快來了。逮到可是要罰的……雁遲。」

「我隱蔽名字你也知道，不公平。」她皺眉。

他輕笑，「驕華。」

＊　＊　＊

眨了眨眼睛，她清醒過來，卻在感應艙中躺了好一會兒。

算是成功吧，非常真實。二十世紀末的夢想——全息遊戲❷，終於在二十一

❶內部測試或封閉測試，為遊戲開發過程中之一環，意指在限定登入遊戲人數、對象的情形下，對遊戲運作狀況進行各種測試。

❷全息遊戲，或稱全像遊戲，全像技術本指類似立體投影，或是使影像具有立體感的技術，此處借指以全3D影像構成環境的遊戲，可視為虛擬實境。現有的虛擬實境技術，多半僅視覺與聽覺具有立體感，與虛擬物件互動的方式則與使用滑鼠類似。

世紀中葉開花結果，抵達足以上線的願景。雖然研發的路途有些曲折離奇……並不是從遊戲產業萌芽的。

一開始，是為了治療幾乎成為世紀瘟疫的惡性失眠，感應艙本是醫療器材。只是技術成熟以後，卻成為娛樂項目了。

其實也沒什麼。她聳聳肩。可樂當初還是感冒糖漿呢，最後也成了時髦的飲料，賺了偌大身家。

本來全息遊戲和她這個寫劇本的人一點關係也不會有……但她讓惡性失眠糾纏了半輩子，是最早接觸感應艙的實驗者之一。全息遊戲正式成功後，有「華人暴風雪❸」美稱的華雪遊戲公司找上她，希望她主持好友遺留下來的設定。

雖然她也納悶，寫小說的人那麼多，為什麼非要這個發瘋而死的小說家不可。等看到綠方留下來的資料，她又啞口無言了。

綠方啊，妳死得有些早了。既然妳已經做了這麼詳盡的設定，為什麼不多熬些日子，親眼看看自己的成果呢？雖然對我而言，也已經有些遲了。

雁遲幾乎將她的餘生都扔進這個遊戲中，這個叫做「曼珠沙華」的世界。她對這個名字極度不滿，抗議多次未果。

現在的人都不讀書了啊，實在太淒慘。曼珠沙華就是石蒜，又稱彼岸花，是死者的花卉。取了這樣的名字……這遊戲還沒營運就有鬼氣森森的感覺。

還不如當初綠方取的「妖界三十一國」，雖然不響亮，最少一眼就明白。

不過她也很疲倦了，不想為了名字多做糾纏。

已將餘年盡付……曼珠沙華正式營運第二天，她就退休了。一般退休的獎勵不是名牌手錶就是獎牌……遊戲公司十二萬分有創意的，送了她一個感應艙，順帶解決她惡性失眠的問題。

這算是相當有人情味的。

---

❸暴風雪（Blizzard），美國著名遊戲公司，單機代表作品有：暗黑破壞神系列（Diablo）、魔獸爭霸系列（Warcraft）、星海爭霸系列（Starcraft）等，線上遊戲代表作為魔獸世界（World of Warcraft）。

曼珠沙華的起始創意，是綠方的「妖界三十一國」。顧名思義，裡頭行走的都是妖族……大部分。當然都是人身，真身狀態通常是逃命用的，無法使用法術也不能攻擊。

雖說是三十一國，但玩家卻只能選擇五個大類：龍、鳳、狐、木、神民，其他只能聽天由命，頂多容貌、髮型和身高細部修改罷了。

選了龍族也不見得就是龍，遊戲系統可能會根據腦波的感應，配對到最適合的妖國——結果成了很悲情的淡水蛟，還不能換。

不過值得高興的是，不管發配到再悲情的屬性，外貌都是俊男美女，光采奪人。先天不足，也能靠後天加強，只要別恢復真身，也不會有人知道。所以大抵上玩家還是挺開心的玩下去，呼朋喚友的上線……只是會叮嚀新手們，絕對不要選神民。

神民，只是好聽的說法，事實上就是妖界少數的凡人。領土最小最偏遠，新手任務最痛苦，跑得死人，而且只有孤零零的一國，不像別人出生就有數個盟國。更悲傷的是，神民的屬性非常平均，平均到文不成、武不就，職業更悲傷的只有兩種──儒俠和藥師。

儒俠往好的地方說，就是能打、能擋、能補血；往壞的地方說就是……打不痛、擋不住、補血很卑微。用雁遲的話來說，就是曾經被暴風雪凌虐，時代的悲情魔獸聖騎❹，唯一擅長的就是保命。

藥師比儒俠慘一些些……嫩豆腐似的，打不得，一打就碎。補血能力普普，唯一的優點是可以煉丹，而且有機會（很低的機會）領悟特別的藥方。但每個種族和職業都能學製藥，這個優勢顯得非常慘澹。

若不是妖界三十一國的終極NPC❺是出身神民的醫君大人，恐怕神民這種族會面臨被刪除的命運。

❹此指線上遊戲「魔獸世界」職業角色，聖騎士（Paladin）。此職業三系天賦防護、懲戒、神聖中，曾經只有神聖系（以治療為主要特色）受到玩家青睞，其他兩系因功能不全，使用者幾近絕跡。此狀況在資料片「巫妖王之怒」（Wrath of the Lich King）上市後已經改變。

❺NPC，Non-Player Character，遊戲中非玩家所扮演，由預設劇情腳本決定行為舉止的角色。

但讓神民人數稀少的主要原因，卻不是因為種族天賦太廢或職業太廢。而是神民僅稱清秀的容貌和單薄的身材……在眾多或魅惑、或傾國傾城的諸妖族俊男美女中，像是路人甲乙丙丁，這才是神民最令人悲痛欲絕的命運。

雁遲卻非常違背常理的，選擇了神民中的藥師。

不為什麼，因為神民的國度陌桑，有片終年不謝的桃花林。桃林深處，有沉思的伏羲石像。

她喜歡坐在石像的尾巴上，抱著膝蓋看著現實中不會有的桃瓣紛飛。後來她習慣了曼珠沙華的生活，相當融入這個虛擬世界……但下線前一定不遠千里的回到這裡，靜靜聽著風聲與桃花的低吟，讓心情沉靜下來。

「與君共一夢啊，伏羲君。」她持酒微笑。

伏羲石像不語，依舊沉思中。

第二章

曼珠沙華的諸多操作設定都和暴風雪一脈相承……卻很難說這個純中國風的全息遊戲抄襲。

自從暗黑破壞神以後，操作界面與習慣幾乎侵襲了大部分的遊戲，即使有所變更與改良，還是萬變不離其宗。

別的西方風全息遊戲很炫的搞出個魔法ＰＤＡ，咱們東方風的曼珠沙華則搞出個萬象手環和儲物腰帶……講白了就是操作與訊息界面而已。

當然你願意也可以將訊息以文字界面放在虛空中陪著打怪，只是這樣死亡率會大為提升——若你有個爆笑的公會頻道的話，勸你最好不要這麼做。

不過雁遲倒是常常這麼做——因為她打怪的時候也不是那麼多，生命上是很安全的。

身為一個藥師，她非常淡定地提著藥籃到處採藥也是理所當然的事情。當初她會加入公會，就是因為她正要採一根龍鬚草時，會長抓著草不放，嚷著加入公會才給她，她才點頭加入公會的。

當然，她沒有馬上退公會，也是因為公會的人都天真可愛（又白癡），頗能消遣採藥時的寂寥時光。但因為她沉默寡言，所以大家都誤會她內向安靜。從不出團❻，所以誤會她打怪很廢，她也樂得讓人誤會下去。

對她來說，曼珠沙華的生活就是不斷的旅行，採藥是順便的。至於打怪、解任務、升級，是為了去更遠的地方，更好的風景和更有療效的藥草。為什麼她會連釣魚、烹飪、剝皮、採礦都學了……只是覺得不該浪費而已。

因為倉庫爆炸，她不得不擺攤賣掉一些材料，結果莫名的成為某些大戶的供應商。因為毛皮太多銷路太差，她不得不去學制皮消耗，開始了她無限縫腰帶的生涯……誰知道縫著縫著，讓她縫到「悟道」，做得出比別人更多格的腰帶。

至於會在中都開雜貨鋪，只能說是個美麗的誤會。她只是去交任務，找錯了人而已。結果被搶劫了所有的財產，欲哭無淚的有了一家鋪子，迫不得已的把自己所有產品扔去賣了替代倉庫……結果生意會這麼好，她也很瞠目。

在大部分的人還在摸索這個世界，努力做任務和打怪升級，窮困潦倒的時候，雁遲已經是個小富婆了，甚至有自己的鋪子。

但這不是個幸福的開端，相反的，反而是個惡夢的開始。

這日，冬陽晴暖，在鋪子裡團完藥的雁遲，邊晒太陽，邊縫著腰帶。雖說她自己渾然不覺，但在二十一世紀中葉的小夥子眼中，卻是副令人驚豔的古代閨豔圖。

雖說什麼樣的生活技能都能學，但還是受限於生活經驗。二十一世紀的女生連針都不會穿，何況縫紉。雁遲的制皮能夠學得這樣快又好，肇因於她在現實中學過許多沒什麼用處的小玩意兒……縫個腰帶當然不在話下。

❻玩家們以組成隊伍的方式，進行對遊戲任務或怪物的攻略，即可稱為出團。以魔獸世界為例，要求以團隊方式完成的攻略，人數需求通常不會少過十人。

「美眉幾歲啊？家住哪？電話多少？」

雁遲抬頭，看到一個嘻皮笑臉的帥哥，非常張揚的衝著她笑。怎麼走到哪都是不學好的登徒子。

「要買什麼？」她淡淡的問。

「買妳的心。」帥哥笑得更可惡。

「小八，」她更淡定的喊著僱來的NPC護院，「趕出去。」

「欸？欸欸欸！」帥哥被小八扔出去以後惱羞成怒，「妳這女人怎麼這樣？妳不知道顧客是上帝？」

「我不信基督教。」雁遲睇了他一眼，狻猊族的濟豫？這名字看起來好熟。

她和濟豫交惡，就始於一次非常沒有創意的虧妹。之後濟豫只要到中都，都會跑來她的雁遲小鋪找罵，她覺得很煩，反正有NPC掌櫃賣東西，她乾脆不回雜貨鋪，繼續她採藥、採礦、剝皮之旅。

有段時間，很平靜，可惜太短暫。就在某個她邊看公會頻道邊採藥的下午，他們這個名為「流雲閣」的小公會，來了一個新會員。

會長興奮的說，本服排名二十三的高手，加入他們公會了！

結果全息遊戲也沒什麼兩樣嘛。雁遲想。什麼都要排個排行榜，很無聊。

赤霞：「這樣我們公會就有兩個排名三十以內的高手了！會長，你也加油一下啊，現在還在三百名外……」

另一個是誰啊？雁遲詫異了。沒想到人數不過三十的小公會這樣臥虎藏龍。

濟豫：「另一個是誰啊？」

……濟豫?!雁遲停下了手，呆呆看著虛空中文字呈現的公會頻道。這遊戲允許重名嗎……？

雪舞飄飄：「哎唷，濟豫哥哥，你排二十三，雁遲排二十八呀。雁遲雁遲，妳在不在？」

雁遲微微張著嘴，衝口而出，「我排二十八？」她說出去的話馬上化為文字模式出現在公會頻道。

會長樂了，「妳沒去看過排行榜？雁遲啊，妳瞧瞧我是怎樣的慧眼獨具……」

「雁遲啊，」濟豫冷笑兩聲，「我也覺得我很慧眼獨具……」跑啊妳再跑啊！他是大瘋瘋還是長得像猩猩？他是排行榜上有名、玉樹臨風、風流倜儻的金眼狻猊濟豫！這個長得不怎麼樣、種族和職業兩廢的小藥師，看到他拔腿就跑。

偏偏別的沒練高，就是輕功特別高！老子調戲妳是榮幸啊榮幸，多少女人想被老子調戲，老子還不屑哩！

「做任務了，先關公會頻道。」雁遲淡定的說，很快把公會頻道關閉了。

但她內心很不淡定。為什麼她這樣安分守己，會鬧出個什麼排行榜來……她仔細回城裡的藏書閣調閱說明書，相當無言的發現，就算是生活技能，也有少許經驗值。對別人來說可能少到可以略過不計……但對她來說，太積少成多了些。

何況她為了幾種珍稀的藥材，獨立殺過幾個小Boss❼。這些小Boss有特殊經驗值獎勵，所以……

她很窘的進入了排行榜前三十名，名列第二十八。

難怪老有人找她決鬥啊，這悲慘人生……呆了半晌，她釋懷了。伺服器開放不久，大家都還在摸索，又和鍵盤式的遊戲完全兩樣，練功狂們還沒抓出適當的規則，自然是這樣的。

全息遊戲的操作並不存在身體的問題，唯一有優勢的就是腦波強弱。她呢，當了一輩子的編劇，大腦早就鍛鍊成鋼，生活經驗又夠豐富，自然有優勢。但優勢不善用，一點用處也沒有。她是來旅行的，又不是來當練功狂的。

沒多久，那些練功狂就會摸透了遊戲，後來居上，她就可以泯然於眾人之中，當她沒沒無聞的快樂小藥師。至於濟豫那小鬼，不用理他。

既然主意已定，又受不了會長狂轟爛炸的飛鴿傳書，她又把公會頻道打開了。平心而論，公會的人對她真的是好，用不到的材料都寄給她，收到她的藥物或裝備都感激涕零。

會長是個標準練功狂，卻常常關心她的任務進度，熱心的吆喝人來幫她一起

❼小Boss，遊戲中怪物角色的頭目，比一般怪物強大，但又比真正的魔王（Boss）弱小。

做某些團隊任務。

再說，這麼天真快樂（又白癡）的公會頻道也實在很難得了。充滿了方向殺手和地圖座標絕對無效路痴就算了，還有屬火的鳳族想省錢，試圖游泳過滄海，一下水就馬上死掉（廢話！）。

基於這些可愛（又小白）的人們，濟豫的挑釁和瘋話就當作不存在好了。

但她沒想到，會這麼快產生第二次衝突。起因同樣很微小，甚至她不覺得有什麼。但充滿荷爾蒙的少年跟公牛一樣喜怒無常並且容易被激怒。

一群男生大談女人的身材，並且逗弄一個非常害羞內向的小女生。

「咪咪呀，妳是不是因為咪咪太小所以才取這個名字……」濟豫很口無遮攔的說，「來來來，哥哥幫妳揉揉，看能不能長大點……」

雁遲瞥了眼同在隊上，已經開始哭的咪咪，淡淡的在公會頻道開口，「濟豫。」

「雁遲美眉，怎樣？」濟豫嘻皮笑臉的說，「是不是妳也想揉揉？」

「你先揉揉自己下面那個小小軟軟又快又沒擋頭的小可愛吧。」她語氣淡然，「聽說只有不行的男人才會詆毀別人，增加自己稀薄的自信心。你需要醫生的話，密我我給你電話。心理或泌尿科要先說清楚。」

「妳這賤人！」濟豫勃然大怒。

「濟豫，你說得太過分了！」會長出聲了，「開玩笑也該有個尺度。雁遲，妳也不對，太傷人。」

「是，對不起。」雁遲輕笑，「大家是該互相尊重。」

濟豫沒再說話。本以為吃了這虧，他會氣得退公會，沒想到也沒有。但他開始盯著雁遲，走到哪跟到哪，一次次的跟她挑戰要決鬥。

「女人，妳怕？」他很挑釁的問。

「我怕你丟了面子，更纏著我。」雁遲依舊淡然。

「妳的意思是我會輸？」他不怒反笑，「若我輸了，我以後絕不再糾纏！」

「君子一言，駟馬難追。」雁遲淡笑，「來吧。」

四十三級狻猊刀客濟豫V.S四十級神民藥師雁遲。怎麼看，都是近戰破壞力狂暴的濟豫占絕對的優勢。而且刀客有招能夠迅速接近目標的招式「如影隨形」，根本是PK❽必備，法系❾想跑也跑不掉的索命大招。

但他根本沒來得及使用這大招……一開場就中了一陣粉紅香霧，迷亂兩秒。

接下來他也沒有出手的機會，不斷的中各式各樣的毒粉，效果從迷亂、麻痺、昏厥、緩速、睡眠……輪番上陣。同時還被藥師僅有的兩殺招「血蠱」、「情蠱」，用非常緩慢的速度一點點慢慢凌遲。

耗時三十五分又四十二秒，濟豫倒地，身上冒著五彩香霧，煞是好看。

雁遲僅中兩刀，正在慢騰騰的把自己的血補滿。

「孩子，」雁遲非常和藹的說，「別跟醫生打架，浪費生命，而且浪費時間。」遂揚長而去。

但雁遲失算了。她若知道濟豫有著隱藏極深而且極度奴性的M❿屬性，倒寧可讓濟豫殺個一百次，也不會打贏他一次。

第三章

這場毫無懸念的決鬥後遺症極度嚴重。不但從此多了許多莫名其妙的人試圖和她對決，事後她才知道那場決鬥還被錄下來扔到網站上了……甚至引發是否使用外掛⓫的激辯，讓她相當無言。

那根本沒有什麼外掛的問題……何況全息遊戲要搞外掛真的千難萬難。她之所以會有那麼多奇特的獨鬥藥方，完全是因為做了太多的藥丹，運氣很好的領悟

❽PK，Player Killing，本源於意指玩家殺手的Player Killer，但在中國大陸與台灣，此詞彙失去原本以擊殺玩家角色為樂的含意，轉而演變成「一對一決鬥」的意思。

❾以施法為主要戰鬥手段的職業，通常承受傷害的能力低弱，很容易被殺死。

❿M屬性，M為masochism，意指被虐待狂，通常與代表虐待狂（sadism）的S並稱。

⓫從遊戲外部侵入伺服器，透過修改遊戲資訊，使遊戲角色獲得各種作弊功能的程式。

到不少……雖然通通是毒藥，讓她心底有些悲傷。

但對她這樣一個攻擊手段非常貧乏的藥師來說，這些毒藥不啻是打怪做任務、殺小Boss的利器。若不是這些毒藥做出來就靈魂綁定⓬，早成了遊戲首富。

至於她輕靈的走位，說穿更不值得一提。她攻擊手段非常少，又沒打算補誰的血，天賦點數剩餘非常的多。普遍等級都偏低的新手世界，也只有她這個神經病會把珍貴的點數拿去點在輕功上面，並且勤加練習。

輕功練到頂才能御劍飛行，這也是她這懶人練功的動力之一。六十級才能接御劍任務，想飛就賣力點吧。

但這些湊熱鬧的好奇決鬥狂並沒有給她帶來太大的麻煩，反而在她不慍不火的應對中，成了她雜貨鋪的老主顧。甚至成為朋友，吃吃喝喝之餘，解任務、出副本⓭也不忘叫上她。

真正讓她痛不欲生的，還是濟豫。

被她如此恥辱的打敗後，濟豫立刻閉關了一個月，回來時已經衝上五十級，而雁遲，還是慢吞吞的剛爬上四十二而已。

但拉開的等級距離並沒有給濟豫任何優勢，他華麗麗的在一個小時內慘敗了三次。

雁遲的等級升得很慢，但生產等級不僅升到上限，又悟出兩種奇毒無比的藥方。而毒抗裝備雖然官方資料已釋出，卻遠遠的在封頂八十級的遙遠盡頭招手。

但慘敗的濟豫，非常男子漢的使出殺手鐧，讓雁遲扶牆而逃了。

他在公會頻道說，「雁遲，嫁給我吧。」

「死也不要。」雁遲厲聲回答，「何況活著。」然後非常迅速的轉身逃走，就算天生會飛的鳥族也沒她跑得快。

⓬靈魂綁定，指物品限定為僅該製造或拾取的玩家角色才能使用，不能交易、轉讓給另一個玩家角色。此種措施是藉由禁止玩家交易遊戲中的稀有物品，杜絕因此導致的種種弊端。

⓭線上遊戲中具有特殊怪物或是任務的區域，易引起玩家過度集中，發生各種糾紛的現象，最終可能導致伺服器超載。副本系統即針對此現象而開發，使該區域產生內容完全一致的副本，每個進入的玩家隊伍，實際上均在各自的專屬地圖中活動，彼此無法干擾。

但她終於知道何謂生死兩難。

濟豫在世界頻道怒吼，「雁遲，我愛妳！嫁給我吧！」並且喊了兩個鐘頭直到被GM⑭禁言。

世界頻道因此沸騰了。這股沸騰勁兒還沸騰到論壇去，更不要說他優先表白的公會頻道。

從此兩個月，雁遲覺得自己直抵十八層地獄的地下三十六樓去了。

公會的沸騰在她退公會表態後終於平靜下來，會長一臉鼻涕眼淚的將她勸了回去。但世界沸騰……她就沒有任何辦法。幸好世界頻道可以關，論壇可以不看。是非終日有，不聽自然無。她淡定的告訴自己。

但事實證明，濟豫就是她天生的魔星，是不會給她安生的。

她出團，隊伍裡一定有人被踢出去，然後補進濟豫。濟豫會告訴所有人，雁遲是他的未婚妻。

她乾脆去做任務，濟豫跟前跟後，幫她殺怪……不理他的話就仗著高攻搶她的怪，讓她的任務別想做得成。

好，退一步，去拔草。不管她躲在什麼山巔海角無人所至的鬼地方，他都會想辦法找出來，找不到就世界買座標⑮，然後跟前跟後，口吐不知道哪本古老情書大全的句子……

然後趁她殺小Boss的時候，引別的怪來搗蛋，趁她躺在地上的時候，一本正經的告訴她，「這就是妳不理我的下場。」

雁遲憤怒了。

她打包行李飛奔回故土陌桑，用不怎麼正當的手段，求爺爺、告奶奶，請客、吃飯、送裝備，血淚斑斑控訴濟豫種種「虐戀情深」的行為，求神民同胞投票讓她當國主（……），人數僅有三十六人的神民同胞非常同情的用三十二票讓她當上陌桑的頭頭。

⑭GM，Game Master，遊戲主持者，為遊戲公司派駐線上遊戲內部，提供客戶服務，並協助排除障礙，使遊戲歷程順暢的服務者。

⑮意指在世界頻道向其他玩家購買玩家或稀有怪物的所在位置。

當上國主的第一天，她就宣布了國境戒嚴令，將濟豫丟入國家黑名單，禁止入境了。

從這天起，她終於有個可以喘息的地方。雖然說陌桑地遠怪窮，任務稀少，物產貧瘠一無可取。可說是雞不拉屎，鳥不生蛋，烏龜不靠岸的標準範例……

但這裡沒有濟豫，就已經是天堂了。原來被喜歡，是如此驚悚的事情。

曼珠沙華是款雙綁定的全息遊戲——指紋與視網膜綁定。一個身分證編號對應指紋與視網膜確定身分，只能創造一個角色。濟豫曾經試圖借個神民帳號去逮雁遲，最後還是鎩羽而歸。

當然也可以砍角色重來……但需要二十個工作天才能重建，過去的苦心就付諸流水了。

躺在感應艙中，他沒有立刻起來，咬牙切齒的發悶。

那死女人到底有什麼好？真把自己當美人兒呢，呸！濟豫忿忿的想。不過就是遊戲嘛，需要那麼認真？要不是被哥兒們譏笑，他也不會那麼不依不饒的死追。真不該跟他們打賭的。這下真的輸定了。

雖然知道曼珠沙華不存在人妖的問題……但他還是恨恨的罵了幾句死人妖。怎麼會這麼難搞呢？她一定不是女人。

網路遊戲的女人嘛，很好搞定才對。女人要的不就那些？要裝備、要帶練，不然就是要感情、要浪漫，這都很容易。不是他誇口，現實或網路，他都春風兩得意，從來沒有問題過。

他最喜歡那種規規矩矩的小女生，吃了虧只會臉紅哭泣，也不敢聲張，痴痴等人回頭。當初就是覺得雁遲靜靜的，在窗下縫腰帶的模樣很動人，正是他最喜歡那款才去逗弄她。等她臉紅了，生氣了，有印象了，才溫言軟語追求，三兩天就能拐出來吃飯，說不定當天就能拿下……他對自己的外表是相當有自信的。

但這丫頭的言辭卻鋒利過鋼刀。更不妙的是被損友們瞧見了。所有追求女孩的手段，到她眼前立刻灰飛煙滅。他明明很擅長操作歡喜冤家這種模式……但到她面前就立刻變質成仇家了！

步步算，步步錯……誰來告訴他這是怎麼回事啊?!

不都說烈女怕纏郎嗎?她哪是怕的樣子……居然敢糊弄出個國主,讓他掛上第一個國際黑名單的牌子!

是可忍,孰不可忍!「等我追上妳了,看我怎麼收拾妳!」濟豫恨恨的自言自語。

但他的心願,直到一年後,還沒有絲毫進展。這個執拗的花花公子完全忘記當初為什麼想追雁遲了,只是一口氣噎著,不死不休的堅持下去。

只是他別說跟雁遲說句話,往往只能看到一方衣角。更因為他那種接近變態的鍥而不捨,讓排行榜名次漸漸滑落出五十名外的雁遲再次創造了奇蹟……

成為第一個學會御劍飛行的玩家。

御劍任務雖然困難重重,但也不是牢不可破,幾乎六十級以後的人都會完成。但御劍飛行需要相當的平衡感和練習,不然摔死的機率等於是百分之百。在忙著衝級的諸玩家中,通常都會選擇傳送和騎馬,安全指數增加許多,還不用花費大量時間練習。

練功不見得很有興趣,但逃跑抵達專家級的雁遲,在一次與濟豫狹道相逢時，當機立斷的御劍飛行，大有寧死不屈的悲壯感，飛得那是一整個義薄雲天……自此海闊天空任我行，濟豫只能無言仰首問青天。

但她的好日子沒過太久，濟豫摔滿了一個禮拜，修裝費⑯修出一個驚人的高度後，成為第二個御劍飛行的玩家。

她痛苦的無期徒刑繼續在陌桑蔓延下去。

「……其實我還真佩服這小子。」來拿藥兼蹭飯的會長很感嘆的說，「我追飄飄，她一說不，我就淚奔了。哪能堅持這麼久……」

「會長，你是好人。」雁遲面無表情的端了杯茶過來。不是她對會長有什麼不滿，而是提到濟豫，她的顏面神經就會自動癱瘓。

「我不要再拿好人卡了……」他悲鳴著掩住臉。

「……現實不接好人卡就好，遊戲有什麼關係……」雁遲試圖安慰他。

⑯此處意味遊戲中的裝備會因使用、作戰、死亡等事故而損耗，若不加理會，裝備上附加的種種能力也會因而減弱，終至消失，因此需要經常花費金錢維修。

會長乾脆哇的一聲哭出來。

「……會長，人在福中不要不知福了。」雁遲低落了一會兒，「不然我跟你換。」

會長擦了擦眼淚，很認真的看著雁遲，「妳真不喜歡他嗎？難道沒有一點點感動……」

雁遲很摧心的……吐了。

「我還以為女生都喜歡腹黑又虐戀情深的愛情。」會長蹲在雁遲身邊，戳了戳她，「還活著吧？」

「……會長，你的話聽起來像恐怖片。」她無力的擦擦嘴角，「關鍵是我不樂意被腹黑和被虐。對他有好感，那當然是驚喜。對他沒好感，就叫做驚嚇。」

「那妳是驚喜還是驚嚇？」會長頗感興趣的問。

「是驚悚。」她欲哭無淚的將臉埋在掌心。

……突然覺得收集好人卡也不是什麼壞事啊真的。若有個女孩也這麼對待自己……會長忍不住發了好幾個哆嗦，萬分同情的拍了拍雁遲。「最少妳還有這片淨土啊！女王。」

「世界上還有比我更悲情的女王嗎？」雁遲滴下眼淚，「萬年坐牢的。連出國境拔根草都不敢啊……」

「會好轉的啦。」會長笨拙的安慰她，「天無絕人之路。」

事實證明，會長的預言很奧妙，總是用另一種方式實現。

正式營運後一年又七個月，曼珠沙華的和平打破了。第一場具有紀念價值的國戰轟轟烈烈又令人瞠目結舌的開打了。

狻猊族「惡獸嶺」（人口數一萬六千三百二十一）新任國主濟豫向神民「陌桑」（人口數三十六）國主雁遲宣戰。

宣戰任務非常不好做，複雜麻煩到令人抓狂的地步，幾乎要打遍所有副本，還必須上戰神殿取得戰神歡心（祭品當然是極稀少物資），還得通過國內投票。就是麻煩到一個令人髮指的程度，才能維持一年多的和平。

聽說濟豫不但在遊戲中大把大把的撒錢，在遊戲外也豪氣干雲的撒了不少。他挾帶著這股惡霸氣勢，投遞戰書時順便帶話：女王和親，和平就來！戰爭與和平，任君選擇！

再一次的，雁遲憤怒了。

她立刻下線翻了兩尺厚的說明書，甚至衝到遊戲公司裡頭勒住工程師頭頭的脖子，威脅利誘的集思廣益，終於在大軍壓境之前，找到一個漏洞……

決戰前夕，女王棄國退位了。

因為王權變動，投遞的戰書無效，所以若要再次宣戰，就得重作任務。小國寡民的陌桑因此逃過一劫。而這個明顯是漏洞的國戰規則導致曼珠沙華首次關機維修。

雖然不太光采的讓陌桑逃過戰爭的洗禮，但陌桑再也不是雁遲的桃花源了。

雁遲的苦難，變本加厲的延續下去……

第四章

關機維修三天，雁遲就失眠了三天。

已經很久沒有嘗試到這種昏昏沉沉，睡比不睡還累的滋味了……重新經歷真是生不如死。

結果她比誰都依賴全息遊戲……事實上她也非常喜歡曼珠沙華。但曼珠沙華有個比十三號星期五還驚悚萬倍的濟豫啊！吼吼吼～

她抱住腦袋，沮喪的想著對策。

其實最好的對策是，把濟豫約出來喝杯咖啡，讓他看看老太太的廬山真面目，一切苦難就可以結束了。但她再次華麗麗的憤怒了。

為什麼一個死小孩的發情要她用自尊來買單啊？關她屁事啊屁事？老太太不是人嗎？又不是我要去騙財騙色，我不給追難道還是我不對嗎？

她可憐的血壓再次飆了新高，逼她不得不去醫院。看著熟悉的醫生，她沮喪萬分的問，「帥哥，有沒有吃了可以讓人心智衰老的藥？」

鬢角飄霜的老醫生笑咪咪，「莫小姐，早跟妳說過啦，沒那種藥。保持心態年輕是件好事啊……多可愛。」

雁遲微微的抖了抖，「帥哥，別故意噁心我。」

老醫生笑了笑，神祕兮兮的從抽屜拿出一隻小小的泰迪熊，「妳一定在蒐集這個對吧？」

她眼睛亮了。這是7-11限量兌換版啊！就差這隻巴黎熊了啊～但觸及老醫生含笑的眼睛，她立刻臉紅了，重重咳了幾聲，「那個……我早就……」

「不要就得送我孫女了。」

她立刻一把拿走，「謝謝啊謝謝，帥哥再見……」

拎著那隻只有巴掌大的熊，她的心情很複雜。都已經是退休的老太太了，還喜歡這種毛茸茸的小玩意兒。這算什麼啊……

可以的話，她也希望雍容的老去，心態安詳。而不是雞皮鶴髮裡頭包著

十七、八小姑娘的心……丟人啊丟人，實在太丟人。一輩子長不大啊怎麼辦……

感慨歸感慨，回去還是小心翼翼的把巴黎熊放到展示格裡，滿足的看著蒐集齊全的一家團圓，然後登上討論動漫畫的論壇，順便翻看看有什麼動畫可以看。

……真令人淚流滿面、表裡不一的生活。絕對不能讓人發現啊。

死要面子又心靈幼稚的莫雁迴（真正的名字）小姐，極度鬱卒的登入神民少女藥師的角色中。

她下線都固定在桃林深處的伏羲像前，卻沒有以往雀躍的心情。一想到驚悚的濟豫不知道幾時會翻過國境衝到她面前……她就徹底的心情低落。

取下腰間的笛子，她悶悶的開始吹笛。

這是個任務獎勵，一點屬性也沒加，就是那種毫無用處的小玩具。但這笛子跟現實生活中的樂器沒兩樣，所以一直留著。國小的時候，她學過一陣子，沒想到幾十年過去，她居然還記得。

或許所謂的遺忘，只是暫時想不起來。

「笛為心聲，國主很是憂鬱啊。」清冷的聲音讓她嚇得跳起來，以為又被濟豫抓到。

坐在伏羲像上，姿態悠閒的交叉著手指，白衣配劍的儒俠笑吟吟的看著她。

她認了好一會兒，「你……啊，你是那個程式，驕華！」

「正是臣下。」驕華輕笑，「國主為何憂鬱，臣下能否為君分憂？」

真RP⑰啊！喜歡遊戲的人就是不一樣，連角色扮演都這麼到位！雁遲心底很是感慨了一把，故作深沉的嘆了口氣，「棄位辱國，早非國主了。有負諸位所託啊。」

「是狻猊國主欺人太甚。」驕華淡淡的說，「國主大人為了陌桑才忍辱棄位，免除一場無謂兵災……臣下佩服……雖然也感極憤。其實，陌桑雖寡民，也不怕一戰。」

「打來打去，有什麼意思？」雁遲鬱悶的揮揮手，「讓人說句紅顏禍水，我也扛不住。」

「沒有無道昏君，哪來的紅顏禍水？」驕華不滿意了，「國主大人切不可信那種無稽之談。」

雁遲默然無語，心底卻覺得好過多了。濟豫鬧了這麼久，許多人蜚短流長，不少人覺得她矯情、不知好歹。這次國戰，也有氣急敗壞的神民玩家寫信來罵她。連公會都有人勸她乾脆就嫁了，反正是遊戲嘛，哄哄濟豫，讓他消停些。

但她就是不願意，不高興。心底彆扭又委屈。可驕華卻很慎重的說，不是她的錯。

「我有跑去你們程式部欸。」她脫口而出。

「我知道。」驕華笑，「這個漏洞可讓我們忙了個半死。國主大人也太折騰人了。」

「……你是哪一個？」雁遲張大了嘴。

「最老那一個。」驕華笑出聲音，「不用回想了，妳沒瞧見我，我可瞧見妳了。女王大人掐我們頭子的時候，可真有架式。」

---

⑰ RP，Role Playing，角色扮演。此處指玩家代入遊戲角色的扮演行為，深度的角色扮演，要求扮演者身心投入，無論舉止、言詞等，均要符合該角色之性格，以及遊戲環境所要求的規範。

雁遲的臉立刻漲紅，支支吾吾的說不出話來。天啊，丟死人了！都幾歲人了，這樣幼稚啊老天爺……還被認識（？）的人看到！

「國主大人，」他跳下來，對著雁遲微笑，「既然我們在曼珠沙華，就該把所有的一切都拋在外頭。此後，我們就不要再提外面的事情了吧。」

「嗯，這樣是最好的了。」雁遲矜持的說，擺出成熟雍容的模樣……驕華卻噗嗤一聲的把臉轉開。

……現在假裝實在太慢了。「算了。」她揮揮手，「你想笑就笑好了。我就是長不大，怎麼樣？」

「很好啊。」驕華若無其事的轉過來注視她，「臣下也長不大。」他壓低聲音，「我前天還在複習HELL SING⑱。」

雁遲眼睛一亮，「我是赫米斯……我吃進自己的羽毛，因為我已經習慣被飼養。⑲」

「正是，國主大人。」驕華行了個騎士禮，「我們都可悲的困在衰老頹蔽的肉體之中，卻可喜的擁有年輕的靈魂。」

「免禮。」雁遲真心的笑了，「但我已經不是國主了，你叫我雁遲吧。」

「好。」驕華笑彎了眼睛，讓他清秀的臉龐顯得更年輕，卻又警覺的朝旁一望，「雁遲姑娘，妳的訪客來了。」

她嚇得想御劍飛行，卻被驕華一扯。「跟我來。」

「……跑得過嗎？」她跟著跑，卻驚訝差點跟不上驕華。她的輕功可是數一數二的。

「相信我。」他微彎嘴角，很好看，卻有些陰暗的笑，雁遲揉了揉眼睛，確定自己只是看錯……

才怪。這位溫文儒雅的工程師帶著她東拐西彎的跑，卻把叫囂的濟豫引到桃林外，看守昆吾入口的開明獸之前。……那可是要組滿四十人才能推的大Boss啊……

⑱漫畫《厄夜怪客》，共十冊，平野耕太著，東立出版，2000～2009。

⑲《厄夜怪客》角色阿爾卡特棺木上的箴言。

「場面太血腥了。」驕華喚出坐騎，一匹雪白的大宛戰馬，伸出手給雁遲，「不適合給姑娘看。」

「我自己也有馬。」雁遲覺得彆扭。

驕華小聲的說，「妳不想讓那人氣得吐血麼？」

當然！雁遲笑靨如花，「驕華公子，那就勞煩你了。」非常興奮而快樂的和他共轡。

正在被開明獸追得亂跑的濟豫怒髮衝冠的大吼，「雁遲妳這淫婦居然跟姦夫跑了！」

她對濟豫做了個鬼臉，「跟誰也比跟你好！」

心腸有點黑的驕華公子，慢騰騰的在濟豫之前溜了一圈，在他倒地之後才策馬奔走。

雁遲笑了一整個花枝亂顫，憋屈經年的悶氣一散而空。只是笑完又有些沮喪，「驕華，我給你帶來麻煩了。那傢伙最是煩人……」

「好歹我們是同出身，雖然妳是企畫部，我是程式部……但哪有看自家人被欺負的？」驕華淡淡的說，「……以前我不太注意流言，哪知道這人竟欺壓若此。別擔心，以後有我。必不使人傷我國主。」

「我不是了啦。」雁遲有些感動。

驕華但笑不語。

感動是很感動，但雁遲並沒真的把驕華的話擺在心上。這一年多來，她已經很明白濟豫是個怎樣的渾球了，往往會殃及池魚，讓她更難受。

早些時候會長都會硬要罩她，結果都很慘烈。濟豫是個朋友很多的混帳，這些人都是標準的幫親不幫理，一個個都是花錢買幣⑳、財大氣粗的主兒。裝備好，等級高，鬧人做任務、拖火車、搶怪㉑根本是專業等級的。

⑳以現實金錢購買遊戲中的虛擬貨幣，進而買賣裝備，通常屬於違反遊戲規章的行為。

㉑此句泛指玩家對其他玩家的騷擾。拖火車意指引一大堆怪物去撞其他玩家，搶怪則為搶先擊殺其他玩家任務所需的目標。

她玩遊戲的心態一直很平和……不就是拯救惡性失眠外帶行千里路嗎？何必讓其他無辜的人陪她一起不痛快。所以她才會隱忍的待在陌桑那麼久，接著已經快沒經驗值的每日國家任務，用缺東缺西的資源做著最普通的丹藥，連毒藥都合不出來了。

無聊到開始練生活技能中的飾品，已經快滿級了。因為陌桑別的沒有，珍稀木材很多，但飾品是個非常雞肋的生活技能，許多圖樣都在高等副本中，掉落率又非常低，還有許多是作出來就靈魂綁定，卻比副本出產的差些。

她悲哀到練到幾乎滿級，可見她無聊到什麼程度。所以她感激驕華的心意，卻不會放在心底，更不想增加他任何麻煩。

但是第二天上線，發現驕華已經坐在伏羲像上，笑吟吟的看著她。

「國主……雁遲姑娘，妳的生活真的很規律呀。」驕華跳下來，眼神溫和柔雅，「我要去縹緲峰接任務，妳願陪我去嗎？」

「……不要吧？」雁遲感動得想哭，「濟豫……」

「那人的名字，不值得讓國主……雁遲姑娘提起。」他淡淡的，繼而粲然一笑，「縹緲峰有個有趣的任務，只有姑娘家才能接，能得到一個有趣的封號，要不要試試？」

「什麼封號？」她好奇了。

「南蛟國敬贈的『靜濤公主』。」

雁遲猛然想起，這是個主線劇情任務。醫君六弟子蒙難，南洋蛟國公主燦火遭遇宮變險被自己的哥哥所殺，有對在宮中作客的海外游俠搭救，才保住燦火公主一條命。

但起始是因為俠女訪醫君求藥不遇，醫君二徒蕾央建議俠女去南洋直接求藥，才陰錯陽差趕上這個熱鬧。

這個任務被笑是「駙馬任務」或「情侶任務」。因為只有女生可以接，接完才能分享給男隊友。而「南洋宮變」卻是個雙人護送副本，難度非常高。當然組成五人滿團也可以過，但封號就不會有了。

「這任務不好過。」雁遲有些沮喪，「如果是為了封號的話。」

「那倒……不用擔心。」驕華淡笑，「妳保護好自己就對了。」

雁遲狐疑的看他，「驕華公子，你可不要利用職務之便啊。」

「我豈需職務之便？」他傲然的說，「雁遲姑娘，別小看我。我哪是需要作弊之人？」

喚出雪白大宛良馬，驕華伸手向她，「雁遲姑娘，請。」

她扭捏了一下，硬著頭皮跟他共轡。一個全息遊戲做得這麼逼真幹什麼……都能感覺到他在頭頂上的呼吸，和圈著她的熱氣……害她怪不好意思的。

但驕華那麼坦然，她只好非常淡定……表面上。

「很熱嗎？妳的耳朵有些紅呢。」驕華的聲音在她頭頂飄。

「……夏天嘛。」她虛弱的回應。

驕華彎起嘴角，心裡笑嘆。總是他瞧見雁遲，而雁遲沒瞧見他。或許是因為她總是非常專心。

陌桑皇宮廣大而寂寥，他偶爾會回去貢獻物資……反正都是些沒用的垃圾。

個子很小的白衣藥師坐在高高的龍椅上……國主每個月要開一次會，非在龍椅上坐個十分鐘不可，不然國力會些微下降，影響到整個國家資源的出產。

她總是很嚴肅的坐在上面，一個少女國主。雖然底下一個人也沒有。

那時候他就想，當她的臣下也不壞，多認真的幼主。結果等他知道的時候，這個少女國主已經被迫棄位了。她一定很不甘心，眼眶都紅了，還強忍著淚。

罷了。國主的擔子太重，她的肩膀也太纖細了。那還她一個公主好了。嬌生慣養、金枝玉葉，比較適合她。

真是個傻傻的小女人……拐她上馬，她就上了，一點也沒想起要御劍飛行，強忍著臉紅啊……

幸好是這樣倔強的個性，不然早被騙了。長不大啊長不大。

拉住韁繩，已經抵達縹緲峰，雁遲還有些僵硬的出神。他悶笑一聲，俐落的下馬，作勢要抱她下來，雁遲怔怔的向他伸手。

等被抱下馬了，雁遲才大夢初醒，原本已經褪了的紅又湧上來，僵在他臂彎動都不敢動。

他很努力才忍住笑，頓了一下才鬆開她，非常斯文有禮的伸手，「雁遲姑娘請。」

「驕、驕華公子請！」她匆促的往前走，差點摔了一跤，狼狽的往前小跑。

「雁遲姑娘，妳跑錯方向了。」驕華深呼吸了幾下，才忍住笑意輕點著她的背，「這邊，請跟我來。」她臉紅的樣子，很可愛。

雁遲發了一整天的汗，心底真是無限悲情。

蒼天作證，她在現實中好歹也交過男朋友，滾過床單（雖然是很遙遠的事情了），現在嬌羞個屁啊～驕華又不是不認識（？），就算沒交情也可能點過頭啊！老太太幹嘛對老先生一整個羞澀啊？神經病啊神經病！

但她就是沒辦法控制啊，怎麼辦？真是悲哀透頂的人生啊！

幸好這個副本真是緊張刺激，讓她把所有的羞澀都扔到爪哇國去，只顧著緊張的注意驕華的血量和自己的安全。

讓她震驚的是，驕華的確是個出類拔萃的儒俠！切菜斬瓜似的，遇神殺神、遇佛斬佛啊！三尺霜鋒下，非死即傷。

基本上儒俠很欠缺大範圍、高強度傷害的攻擊技能，但這位淡定從容的儒俠，非常自然的扔出泥淖陷阱和數不清的霹靂火……跟雁遲的五彩毒霧相得益彰。

「煉丹練到這樣高超的下毒，也真是不簡單了。」驕華非常驚嘆。

「……儒俠會去練機關術，還練到這麼高等，也不容易。」雁遲終於有辦法把自己的嘴巴閉起來了。

站在最終Boss之前，他們爭取最後幾分鐘閒聊。

驕華輕笑一聲，「以前我玩魔獸的時候是工程聖騎，沒換過。」

雁遲睇了他一眼，「我是煉金牧師。」

驕華看著掌心五顏六色各種增益效果的藥丹，恍然大悟的點點頭，一把塞入嘴裡。「難怪。妳補血這樣精準而到位……為什麼不跟人一起練？因為濟豫？」

「……不是。」雁遲沉默了一會兒，「我……我不適應一直換隊長的日子。秩序一旦崩塌，我很難重建……」

「我懂了。」驕華點頭，卻來不及說什麼……南洋蛟國儲君終於講完廢話，衝過來了。

其實沒人懂吧？雁遲對自己苦笑了一下。但也很快把這種感傷撇開，注意著仇恨順位22，小心翼翼的補著驕華的血，順便因材施教的施毒。

原本以為會打很久，但驕華強悍到簡直作弊的大招連出，輕輕鬆鬆的讓儲君大人躺下，解救了燦火公主。

任務完成，雁遲拿著那個封號有些如夢似幻。

「以後要稱妳殿下了。」驕華笑笑的說。

「華卿免禮。」雁遲哈哈大笑，立刻換上那個封號。這樣以後有人接近她，就會連同她的姓名出現在萬象手鐲。

共轡歸來，雁遲已經自然了，一路說說笑笑，非常開心。

「殿下。」

「華卿何事？」她笑得兩眼如月彎。

「我在魔獸的時候，一日聖騎，終生聖騎，未曾更改。」他聲音柔和，「在此也是如此。妳若隨我，永遠不用換隊長。殿下……願意嗎？」

她猛然回頭，看著驕華含笑的眼。

「可、可我很麻煩。」她結結巴巴的說。

「妳說那人嗎？」驕華想了想，「其實也不是沒有辦法解決的，並且一勞永逸。」

「真的嗎？」雁遲大吃一驚，繼而狂喜。

「今天太晚了，差不多是妳該下線的時候。」驕華策馬往桃花林，「明天，讓妳永遠擺脫那人的糾纏。」

她猛然回抱驕華，「華愛卿，你真是本宮的救星啊!!」

驕華只是笑，卻沒說什麼。

雁遲是笑著下線的。一年多以來，就數這次的下線最愉快。

㉒線上遊戲機制，用來決定怪物應攻擊哪個玩家目標。

第五章

縹緲鋒不遠處，有個中立都市謂之中都，是妖界的國際大都市。這個都市內禁止動武，商賈雲集，公家的拍賣場和私人小鋪、攤販林立。但因為是國際大都市，這城的地價當然最貴，只有財大氣粗的主兒才有辦法在這裡成家立業。

驕華照慣例等著雁遲上線，帶她到中都最繁華的梧桐坊（地區名），跨進一棟豪華的深宅大院……彷彿進入江南傳統園林般，整個鎮住了她。

「這是我們『拂衣去』的總舵。」驕華笑了起來，「沒事，跟我來。」他領頭，從容的走過湖上曲廊，蜿蜒的走入廣大的正廳。

瞧見他們的人都安靜下來，表情毫無例外的震驚。

好一會兒，才此起彼落的跟「老大」——也就是驕華打招呼，眼睛都賊溜溜的在雁遲身上轉，終於有勇者出頭問了，「老大，這位小姑娘……介紹一下吧？」

神民的個子在曼珠沙華中顯得偏小，讓這大群妖族帥哥一襯，驕華宛如不勝衣的少年。但他安然的笑，泰然自若的。

「這位是陌桑遜位國主雁遲君，現封為靜濤公主。雁遲殿下平易近人，和藹可親，不拘俗禮。兄弟們就不用大禮參拜了。」

他這套不著調半文半白的介紹，讓原本宛如菜市場囂鬧的大廳瞬間死寂下來。在場的人都華麗麗的石化了。（附帶些許裂痕）

所謂亂世出勇者，終於有人扶牆良久以後，掙扎著問出真正的重點，「老大，那你和公主殿下……？」

是啊是啊，老大，你終於有八卦可以傳了啊啊啊～

在諸多熱切如狼的目光中，驕華鎮定如昔，「吾乃神民，自然是雁遲君的臣下，不管遜不遜位。」

大廳再次華麗麗的炸了。眾人奔走嗷嗷亂叫，滿天飛著飛鴿傳書，各式各樣的猜測出籠，從「女王受」到「忠犬攻」㉓，亂七八糟的，更多的是追著問，

「老大說的是什麼意思？什麼意思？你們誰聽懂了？翻譯一下啊！」卻沒人有勇氣靠近他們三尺，當面詢問。

驕華將雁遲拉到一邊，「不要管他們。他們就是這樣，給點顏色可以開染織廠了。」

雁遲一整個啼笑皆非，「大哥啊，你講的那套恐怕有很多人聽不懂。」

「哎，現在的小孩啊，中文程度日益低落，我也覺得很傷心。」驕華長嘆一聲。

雁遲噴笑，東張西望了一會兒，「老大，你是公會創始會長還是長老啊？」

「長老。他們叫我老大是因為我領著RL㉔的職位。」

「是喔。但我是因為你們公會的名字才這樣猜的。」雁遲笑得眼睛瞇瞇，「這刁鑽名字一定是你取的。〈俠客行〉的『事了拂衣去』，對不對？」

「很對。」驕華點點頭，漫不經心的將手一揮，「雁遲君，妳挑吧。我們公會的兄弟可說是一時之選。」

「啊？」

「妳看喜歡哪一個，只要他還沒娶親……我就能讓他和妳成親。」他淡淡一笑，「那人的執念就是要娶妳，咱們來個釜底抽薪，一勞永逸。若是這些兄弟妳都不喜歡，看妳喜歡那一個，只要單身，臣下綁也綁來給妳。」

雁遲華麗麗的被雷劈中了，臉孔微微抽搐。什麼叫做人才……這就叫做人才。雷人於溫文儒雅中，談笑間灰飛煙滅。

「……大哥你是說真的嗎？」雁遲做垂死的掙扎。

「這是我想得到最快也是最有效率的辦法。」他非常認真的說。

㉓攻受關係，在日本次文化中對日益複雜的性別對待產生的界定方式，原本使用於男性的同性關係之間，而後廣及於各種對待關係。在對待關係中，攻指主動，受指包容，但由於二分方式並無法包含人性中的複雜面，因此又逐漸興起劃分攻、受中較細項的人格特質，以做為形容與區分。如文中的女王受與忠犬攻，既試圖表明其主被動關係，亦描繪兩者互動時較顯著的人格特質。

㉔RL，Raid Leader，公會出團時的召集人，戰術運作的指揮官，同時也兼任戰利品的分配者。

雁遲憤怒了。

噎了好一會兒，她才鐵青著臉低喝，「驕華！這什麼話呢這是？我對婚姻是很尊重的！就算是虛擬也不會因此改變！感情啊、婚姻啊，絕對不是兒戲，更不是遊戲！我又不是遊戲的NPC，需要違背自己的原則去功利性玩兒結婚嗎？就是現實有很多無奈，虛擬的我才不想違背心意的無奈啊！」

發完脾氣她就懊悔了。平心而論，這的確是最好、最理智的解決方式……只是和她的情感相抵觸。但絕對不是驕華的錯，她更沒有資格發脾氣……何況是這種不切實際的脾氣。

「……是我欠缺考慮。」驕華卻先低頭了，「我再想其他辦法好了，真抱歉。」

「不不，是我不對。」雁遲愧疚的含淚，「我發什麼脾氣呢？我就是這麼衝動……大哥，別生我的氣。」她瞅了一眼青年才俊，心底只覺得更悲涼，「仔細想想，你的辦法當然好。但他們都是小鬼……這是欺騙別人純潔的感情。」

她低頭不敢看驕華，「我們……也都當過小孩子。網戀圖什麼呢？不就是圖有個機會發展到現實，成就一段美好嗎？人是很容易受環境影響的生物。就算一起頭說得很清楚，久了也會糊塗了。既然知道將來可能傷人……又怎麼、怎麼忍心……」

沉默片刻，驕華低聲問，「妳不願意接受那人……也是因為這緣故？」

「我雖然討厭他，但也不想傷害他。」她強忍著眼淚。

驕華拉住雁遲的手，嚇得她手指冰涼，「我是五年二班的。妳呢？」

她呆了幾秒，結結巴巴的回答，「五、五年九班。」

「原本，我想毛遂自薦。」驕華嘆了口氣，「可主意是我想的……不免有『千里送京娘』的嫌疑。」

雁遲臉孔發紅……氣的。「我最討厭趙匡胤那偽君子！哥，你英雄豪傑，切不可效此垃圾行為！」

「不要迷戀哥，哥只是個傳說。」驕華用很斯文的口氣說。

雁遲再次噴笑了。「哥啊，讓你亂看啊，吭？看多少種馬文啊？老實招來！」

「彼此彼此，妳是耽美呢還是女尊啊？妹子啊，看多了長針眼啊。」

他們開始插科打諢，記起許多遙遠的典故和流行語，甚至還能哼兩句群星會和雪克33，顏文字和火星話，什麼都混在一起聊，幾乎忘記身在何處。

「妹子，」驕華輕笑，「為兄生平最大心願就是能夠尚公主。能不能讓為兄完成心願啊？」

雁遲本來想拒絕，但看到他溫和又誠摯的眼睛……又紅了眼圈。這位同門（同公司）出身的學長（同年次），拐彎抹角、小心翼翼的甘願自我犧牲，這樣照顧她的自尊心，試圖解決她那痛苦又麻煩的桃花劫，再堅持那個沒用的原則，實在太過分了。

「……駙馬都尉，你瞧過黃曆沒有？有沒有宜婚嫁的好日子？」她低頭問。

「揀日不如撞日囉！」驕華拉著她的手，轉身就跑。

沒有騎馬也沒有乘轎，他們跑過大半個中都，到了月老祠，非常陽春的公證結婚了。

等系統公告跑出來，宣布了他們的喜訊……雁遲回握了驕華的手，剛剛戴上的結婚戒指閃閃發光。

等向來隱藏個人資料的驕華換了封號「靜濤駙馬都尉」，她才知道，原來「靜濤公主」一起解任務的隊友，彼此結婚之後，男方會得到這個非常特殊的封號。

她突然非常感嘆，幸好她還滿喜歡驕華的，不然被這樣拐了又拐（連結婚戒指都準備齊全），以後的日子可要怎麼過……

感慨歸感慨，驕華伸手拉她上馬時，她淡定許多了。好歹名分已定不是？駙馬駙馬，不讓他趕車，騎馬載個公主娘子也不算太糟糕了。

不過她也好奇。曼珠沙華的座騎眾多，商店有賣、副本打得到、戰場榮譽值可換，有些聲望也能買到特殊座騎，甚至可以野外捕捉，有一定機率可以成功。為什麼驕華偏偏選了匹平平無奇的大宛白馬。

「哦，」聽了她的疑問，驕華微微一笑，「我一直都很想要匹馬……真正的馬，好不容易可以實現願望。」他聳聳肩，「台北市的停車格不能停大宛馬。」

雁遲被逗笑了。「妹子，我也很想問。」他好奇了，「為什麼妳的座騎是鱷魚？只能站在背上，坐都不能坐。」

雁遲面露些許尷尬，「……這不要怪暴風雪嗎？到我不玩的時候還不開放鱷魚座騎。只好來曼珠沙華抓一隻過過癮……後來發現沒人騎鱷魚，不會撞座騎，就更不想換了。」

然後換驕華噴笑了。「妹子，咱們家很大，」驕華笑咪咪，「有地方讓妳養很多座騎。有哥一日，就讓妳穿暖吃飽，不受人欺負。」

她心裡暖暖的，正要回答，卻瞥見已經炸成一鍋稀粥的公會頻道，石破天驚的一句。

雖然是公證結婚（？），沒有任何排場。但在熱門時間的系統公告一定會有些麻煩，她早有心理準備。不過濟豫早讓她扔進黑名單，世界頻道又萬年關閉，所以她很鴕鳥的不知道有什麼騷動。

只是公會頻道炸了又炸，亂成一團。但讓她炸矇的卻是這句。

會長：「雁遲啊！妳給大神下藥是吧？不然排行榜第一的大神怎麼會悶不吭聲的跟妳結婚啊?!」

「……什麼叫做排行榜第一啊?誰排行榜第一?」她愣愣的問出口。

在她身後的新進駙馬深深嘆了一聲。「好像就是我啊，妹子。我就知道妳不會去看什麼排行榜。」

「啊?!」她吃驚的轉頭看他，驕華一臉坦然。「我我我……我真的一點都不知道……」

像是這樣嚇她還不夠似的，驕華很溫和誠懇的對她說，「富豪榜第一也是我。」

「……你就是傳說中的那種大神啊?」雁遲哀號了。

「天人都有輕重不一的腦殘。請不要說我是什麼大神，我覺得我大腦還滿健全的。」

「……哥，你閱讀範圍真的好廣，兩岸三地的華人創作都包攬了。」

「請妳加上日文，謝謝。為了看懂日文原著，我也是下了不少年工夫的。」

……雁遲再次被雷得啞口無言了。不過，她很快就淡定下來。她玩遊戲從來沒追求過最強，所謂無欲則剛，所以大神光環對她的影響很弱。再說，驕華是程式部的元老，電動看起來打得很好，是元老骨灰級玩家。

歷經了內部測試、封測、開測㉕，當然比其他人要熟練許多。鍵盤式網路遊戲還考驗手速和反應，但全息式遊戲真的就是看大腦鍛鍊的程度。考慮到方方面面，驕華真是太占優勢了，沒拿個排行榜第一才叫做不應該。連她這個練等無能的傢伙都能比別人快了，還能說什麼。

至於虛擬貨幣，更沒什麼吸引力。她又不追求裝備、座騎等等的身外物，自己還有個自給自足的小鋪子，驕華再有錢，關她啥事啊？

「哥，高處不勝寒啊。那個第一沒什麼好拿的。」她說。

「我也這麼覺得。」驕華輕嘆，「但這些小孩的大腦都是原裝貨，十足新，從來沒使用過。玩全息遊戲真的太為難他們……結果為難到我了。」

……這位哥兒們最可怕的不是天下第一的排行榜和財富，而是溫柔的開口成雷吧？一個髒字都不帶，就能讓人口吐鮮血啊，太剽悍了。

但她發現，低估他剽悍的程度了。

雖然世界鬧騰，中都的大街小巷都塞滿了人，跑出來看大神娶親的八卦。

但驕華駙馬雍容淡定的緩轡慢馬，慢吞吞的往他中都的宅第走去，淡然的告訴雁遲，中都的驕華府是他眾多產業之一。雁遲還在縫腰帶賺銀角子的時候，大神已經在房地產這塊做得熱火朝天，賺的是金磚了。

人和人怎麼差別這麼大呢？雁遲很感嘆。但她的感嘆很快就被打斷了。氣急敗壞的濟豫帶著一大群人攔在驕華府前叫囂，看到他們共轡，張口就罵，「愛慕虛榮的賤女人！為了裝備和錢就能貼上去，不知羞恥！」

……在嫁之前，她可完全不知道駙馬是大神級的人物。無言了片刻，看到巷子兩端又湧來了大批人馬，衣角上繡著金烏，那是拂衣去的公會標誌。

她悶了。正想開口，抬頭看到驕華笑得非常溫柔，眼神卻很冰冷，她忍不住打了個寒顫。「別欺負小孩子。」她小聲的勸，「哥，跟那種國中生別太計較，失身分。」

㉕開放測試，封閉測試結束之後，正式營運收費之前，所進行的一項遊戲測試。開放給所有玩家進入，以測試伺服器在承載大量活動的情形下，是否運作正常為目的。

驕華睇了她一眼，「好，我知道妳心好。」

他笑吟吟的對著濟豫說，「雁遲殿下有旨，令我不要欺負弱小。閣下今日無禮欺上我門首，驕某承公主心善，不同你多計較。」

……哥啊，不帶這樣火上加油的。

果然濟豫暴跳如雷，出口成髒，三字五言，滾滾滔滔。驕華一概微笑以對，不冷不熱的添上幾句，句句溫雅、字字誅心，溫溫文文的將濟豫往死裡糟蹋，已經被貶低到不如草履蟲了。

這才叫做高人啊。雁遲嘆息。殺人於無形，還驗不到傷。濟豫這個正港中二病㉖國中生，怎麼及得上腹黑幾十年的超資深少年。

氣得臉孔發紫的濟豫怒吼，「閒話少說！國戰吧！」

「原來國主只擅長欺壓柔弱女子和群毆啊？」驕華輕笑，「私以為，江湖豪俠，當以三尺霜鋒爭長短……我是不是說得太深？我想國主大概聽不懂，我翻譯一下。你做國戰任務那麼慢，我等不及了。要嘛去演武台PK，害怕嘛就夾著尾巴逃吧，別妨礙我們做些夫妻間該做的事情……」

他炫耀似的擁了擁雁遲。雁遲一臉尷尬，小小聲的說，「打就打，別太讓他丟面子，後患無窮。」

「我有分寸。」他湊在雁遲耳邊低語，「剛好測試一下種族血脈天賦。」

完全失去理智的濟豫，果然上當。雙眼赤紅的接受了挑戰，大隊人馬沒打群架，卻呼朋喚友、拉幫結派的到演武台觀戰。

連流雲居那群不靠譜的會長和會員都來了，興奮得大呼小叫，雁遲卻心不在焉的漫應，占據了最好的位置，等著這場決戰。

她當然知道「種族血脈天賦」是什麼東西……當初內部會議為了這個可是大吵小吵無數架，因為會影響「遊戲公平」。但最後高層拍定，既然曼珠沙華定義為「另一種人生」，人生而有愚智高下，那天賦隨機判定也是理所當然的事情。

㉖起源於日本的次文化術語，意指罹患如國中二年級學生般青春期躁鬱的症狀，後泛指許多表現幼稚而無理取鬧的行為。

種族血脈天賦直到七十五級才會正式開啟，擁有七十五個技能點可以點。等於是固有技能外的另一個天賦技能樹。當初她主持規劃的時候，把綠方罵了無數次，做得真是非常繁複而討厭。

以神民為例，就有六個「種族血脈天賦」，當中有四種很一般，但兩種強到變態。只是那兩種的機率非常低，低到讓人納悶有沒有機會出現。不知道驕華是隨機到哪一種。

白玉鋪就的演武台，白衣青鋒的少年儒俠似弱不勝衣，面若冠玉，帶著溫然笑意。面對著高大挺拔，英武非凡的刀客。濟豫倒豎的金色瞳孔像是竄出火苗來。刀客已然魁梧，手上的斬馬刀超過兩米，泛著微紅的寒光。

看起來是場實力非常懸殊的對決，事實上也非常懸殊。因為，交手僅有一招。

儒俠湧出燦然如陽的光一閃，原本溫潤如玉的氣質徹底改變，鋒利得宛如極北之寒，殺氣噴薄而出，看似揮出一劍……卻將巨大的斬馬刀割出無數裂痕，並且刺穿刀客的咽喉。

濟豫倒地。原本鬧哄哄的演武台陷入死寂之中。好一會兒，才有細細的嗡嗡聲議論著。

「……果然是排行榜第一的大神啊！」流雲居會長感嘆著。

不是的。震驚的雁遲在心底回答。排行榜第一只代表等級最高，刀客的高破壞力讓他們之間的等級差距沒有那麼明顯。儒俠缺乏如刀客般變態高攻的大招。

雁遲衝上演武台，驕華輕笑著張臂迎接她。看似親密的相擁，事實上，驕華不斷輕輕的顫抖，大半的重量幾乎都壓在雁遲的身上。

「……你的種族血脈天賦……是白曇。」她暗暗扶住驕華，「老天！所以你是全敏㉗儒俠……」

㉗意指玩家角色創造時，將屬性點數大量分配給敏捷。一般遊戲表現玩家能力的方式即是屬性，屬性用以判定玩家角色在遊戲中種種行為的結果，通常包括力量、體質、敏捷等物理表現屬性，與智力、精神、魅力等心理表現屬性。高敏捷角色代表可能擁有高攻擊速度、高移動速度與高閃躲能力等，端看遊戲如何設定。

「全敏是我個人興趣。」驕華低語，「只是『白曇型』讓全敏的優勢發揮到淋漓盡致而已。不過這後遺症真有點嚴重……」

那天，在夾道歡呼中，驕華微笑著載美歸家，有人說是「春風得意馬蹄疾，演武摘得陌桑花」……

真相是，駙馬爺奔入公主府（之後驕華府改名公主府）後，直接從馬上栽下來。若不是雁遲輕功練得好，新婚當天就頭破血流。

吃力的背著昏迷不醒的驕華進屋，雁遲想，若看護也算在老婆功能之一的話，那的確是做了夫妻該做的事情了。

這悲摧的洞房花燭夜啊……

第六章

驕華醒來的第一句話是，「我忘記點天賦了。難怪使完大絕立刻脫力。天賦點滿以後應該不會這麼虛弱才對……」

雁遲默然無語，努力克制將躺在她大腿上的新婚夫婿攢成肉餅的衝動。

「……我怎麼……」等他看清楚躺在哪的時候，大神神情鎮靜，但耳朵邊緣已經鑲了一小圈的粉紅。

遲疑了一下，雁遲才說，「哥，你剛躺著很不舒服，這樣方便我餵你喝水。」

當然這是屁話。因為沒有點天賦抵消副作用，在府外努力撐住大神的面子，回來就昏過去了。以為他會強迫下線，哪知道還背著就發起高燒，又退得沒有半點體溫，嚇得雁遲想呼叫**GM**。

抱在懷裡，她真慌了手腳。發冷發熱到起囈語，這該不會出了什麼差錯吧？畢竟全息遊戲是動腦波主意的玩意兒，誰知道是不是出了什麼意外……

正想把他擱在床上好空出手寫回報單，那個燒到神智不清的大神喃喃的輕喊，「……媽媽。」

她先是愣了一下，眼淚不知不覺滴了下來。

為什麼他們就是這麼倒楣，就這樣被時光遺棄。別人年歲增長，心靈也隨之成熟蒼老，那麼符合大道平衡與自然。他們卻被留在時光長流這頭，擔著衰老的肉體，卻必須驚慌失措的掩蓋從來沒有長大的靈魂。

居然只能在一個全息遊戲裡頭鬆口氣，當自己。居然舉世只有一個同伴，在他面前可以放下辛苦的掩飾。

心底慘傷，但抱著實在很辛苦，她小心翼翼的讓驕華側躺，枕在她的腿上，好空出手寫回報單。但GM遲遲沒有理她，她一面出神，一面輕輕按摩驕華的後頸。所以驕華醒來時，就面對這樣有些尷尬兼曖昧的姿勢。

「要喝點水嗎？」雁遲問。

驕華就勢起身，「妹子，麻煩妳。」

雁遲倒水遞給他，坐在床沿，「感覺怎麼樣？靈魂虛弱㉘的狀態要維持多久？」

「二十四小時。」驕華苦笑，「期間不能使用任何技能。」

雁遲也跟著苦笑。當初設計這天賦的時候她就建議要廢除，但那些電動瘋子都不理她。她賭氣沒有盯到底……誰知道他們設定這樣變態的技能懲罰。

「要不，你先下線吧？」雁遲勸他，「在感應艙裡躺久對身體也不好。」

「又不是躺十天半個月，不會長褥瘡的。」驕華揉了揉額角，「下線時間要另計……算了，不過二十四小時而已。」

㉘玩家角色得到負面狀態的代稱，效果通常是暫時的屬性全面下降，用以表現某種行為的後遺症或懲罰。

雁遲嘆氣，沒再勸了。

「這麼晚了？」驕華瞥了眼萬象手鐲，「妳早該下線了，還回桃花林嗎？」

「又不會多躺幾個小時就長褥瘡。」雁遲笑笑的頂回去，「瞧你這樣，我不放心。」

「我沒事了……」

雁遲打斷他，「哥，咱們誰跟誰？跟我客套什麼？」她語氣有些淒涼，「這世界也只有咱們是同伴，何必在我面前死撐？誰沒個病痛的時候……互相照應不就這麼回事？你放心，哥，我在一日，定陪你消遣一日。咱們找到組織容易嗎？有幾個同我們這般長不大的老太太、老先生……」

驕華沒說話，面上淡淡的，內心卻感動到翻江倒海，天崩地裂。可惜他理解得有些錯誤。

並肩和雁遲在床沿坐了一會兒，他緩緩躺倒……就側躺在雁遲的大腿上。

……我不是這個意思啊哥哥！雁遲在內心狂呼。你的神經是怎麼長的，為什麼會理解到偏差值如此之大……

「再陪我十分鐘吧。」背著雁遲，他輕輕的說，「秩序紊亂後就很難建立了。今天我沒力氣送妳回桃花林……這兒下線，好嗎？」

「……嗯。」雁遲硬著頭皮回了聲，卻覺得倒在她腿上的腦袋很僵硬。她悶悶的想，真要跟公司說聲，全息遊戲不要做得那麼逼真……萬一將來只願長夢曼珠沙華不願醒，那可就糟糕了……

「脖子疼，還是頭疼？」雁遲非常人道關懷的問。

「都疼。」驕華低啞的說，「明明我把痛感回饋調到最低了。」

「看你敢不敢再亂用大絕……讓你不點天賦。」雁遲咕噥著，輕輕揉著他的後頸，伸進他烏黑的頭髮裡，點按著他的頭皮。

其實力氣太輕，雁遲使力過度謹慎。但她這樣小心翼翼怕弄疼驕華，卻讓他心靈上感到飽脹、酸楚，又纏綿著一絲絲軟軟的甜。

「娶老婆真是好。」他喟嘆。

「嘖。」雁遲嗤之以鼻，「說得好像真的似的。」

驕華閉上眼睛，「也是。不是隨便娶就有這麼好的待遇……我前妻連杯水也沒給我倒過。」

雁遲的手滯了一下，「呃……你現實再婚了沒有？」

「沒有。」驕華苦笑一聲，「我前妻離婚時建議我，直接娶我的電腦就好，不要糟蹋其他女人。我想她說得對。」他輕不可聞的嘆了一聲，「離婚是我的錯。」

雁遲不知道怎麼搭腔，訕訕的繼續按摩他的頭皮。

沉默了一會兒，驕華低低的問，「我記得……妳也是單身吧？」

「是呀。」雁遲似笑非笑，「結婚前夕新郎逃婚，這打擊太狗血，我嚇到了，沒勇氣再嘗試。」

「那是他的損失。」驕華輕輕的說。

「也不是。」雁遲笑了起來，「我是哭了沒錯……但我傷心的是，他逃婚我居然不傷心，反而暗暗鬆了口氣……我比他還怕，卻比他沒勇氣。說起來，是我對不起他，但他被罵了一輩子。」

他們沒再說話，各想各的心事和滄桑。

十分鐘到了，驕華催促雁遲下線。他轉過身，仰望著雁遲，「我看著妳下線吧。」

一時之間，瀰漫著濃重曖昧的氣息，如許囂張。

雁遲狼狽半天，擠不出話來。結結巴巴的說，「那、那我走了……你小心不要碰到腦袋……」這位哥哥還躺在她腿上極度自然坦蕩。

她紅著臉，慢慢的淡去，原本枕著的柔軟消失，讓他有些失重感。

在床上躺平，他長長的吐出一口氣……突然覺得屋子真的買得太大，非常清冷。揉著鬢邊，只覺得頭一陣陣的抽痛，心底像是塞了團棉花，飽脹得難受，又空空蕩蕩。

第二天雁遲上線的時候，還呆了一下。兩秒以後才想起，昨天她不是在桃花林下線的……習慣真是一種可怕的事情。

不得不說，財閥就是財閥，這屋子真是雕樑畫柱，一整個古色古香兼豪華大氣……傢俱走宋朝風格，非常簡潔美麗。連這個床都有著漂亮透明床帳，被翻紅浪，完全就是紅樓夢場景……

一轉頭，她嚇得跳起來。

驕華面著外面睡著，正好就貼著她後腰。沒有清醒時那種溫文儒雅卻不容質疑的強大氣場，清秀得有些單薄的臉孔，在酣眠時顯得純淨脆弱。

滿大街美得妖孽兼傾國傾城、雌雄同體的花美男，屬於神民的清秀已經可以打入路人甲的行列。但在雁遲眼中，這樣一張純中國式的書生容顏卻分外順眼，讓她的心防降到幾乎沒有。

書生袍穿起來就已經柔不勝衣。若是穿戰甲，露出一小截雪白的頸子……她光想像就有心跳得幾乎扶牆的危險感。

揮去滿天邪惡的不當想像，她悄悄的站起來。萌點是萌點，兄弟是兄弟。偶爾意淫一下可以，可不能成了習慣。

昨天跟他去拂衣去總舵，恍惚聽說他要帶團。也是，他是RL嘛。反正閒著也是閒著，煮些食物給他帶著好了。雖然是虛擬的食物，但吃起來好吃，增益效果29也不無小補。既然不知道他在隊伍裡是坦還是攻擊手（她無法想像驕華當奶媽）30，攻防法的食物都作一些吧……

總比在這兒看著哥兒們的睡顏下死命的ＹＹ31好。

等她蒸好包子，一手端著蒸籠，一手捧鹹粥，走入房間的那一刻……差點嚇得砸碗跌鍋。

驕華一頭亂髮，臉上還有睡出來的紅印子，只穿著單衣凌亂，散著褲腳，赤著足，睡眼惺忪的走過來，一臉單純的笑，討好的看著熱騰騰的食物。

29 增強屬性或是提供特殊能力的效果，反之則稱為減益效果。

30 在講究團體作戰的遊戲中，對玩家職業功能與戰術執行角色的分類。一般分為吸引怪物砲火的保護者（坦克、肉盾）、負責削弱怪物生命的攻擊者（砲手、大砲），以及維繫團隊生命的治療者（奶媽、補師），某些情況下，還會有用來控制怪物，縮小隊伍受打擊面的控場者。

31 網路用語，意淫的代稱。

什麼腹黑啦、從容淡定啦、領袖氣質啦……都讓他睡沒了。一整個就是極品忠犬樣啊!!(而且還是幼犬啊幼犬)

雁遲沉眠得幾乎死翹翹的母性啪的一聲立刻盛開了。

她將蒸籠和鹹粥擱在餐桌上,和驕華相對傻笑。趁他還不太清醒的時候,迅速的幫他整理好服裝儀容,並且抖開他的袍子幫忙穿上。

迷迷糊糊的驕華只注意到桌上的食物,不經意間,已經被不動聲色的小吃了一把豆腐。

「真好吃。」驕華誇獎,「妹子,妳連烹飪都練了呀。」

「嗯。」雁遲感嘆不已,若她不知道驕華的真實年齡,也只認為他是早熟的少年郎。「你有沒有下線去睡一下呀?最少也吃點真的食物。」

驕華忙著喝粥,只有空點了點頭。等他吃飽,終於清醒了。漸漸回神,恢復成腹黑又淡定的驕華,讓她有點遺憾。

「是誰這麼無聊設定這個。」他低頭吃包子,「誰會在遊戲裡睡覺哩?還設定睡得服裝不整、頭髮凌亂……光做這種無用功。」

「……是我設定的。」雁遲訕訕的承認。

驕華差點噎到，好不容易嚥下去，口不對心的說，「設定得真細緻啊，妹子果然心細如髮。」

……哥哥，轉得過硬又太假。

等驕華用技能戴上儒巾後，就徹底變身為驕大神，帶著淡然微笑。雁遲心中大嘆可惜。

「束髮環比較好看吧？」雁遲說。

「我不是史豔文欸。」驕華輕笑，「事實上是這儒巾的附加屬性是目前最好的。」

「全敏裝不好收吧？」

「不太好收。」驕華承認，「不過滿級㉜前的裝備都只能算過渡，沒什麼好

㉜角色等級達到系統設定的上限，也稱為封頂。

執著的。」

＊　＊　＊

事實上，大神是個非常忙碌的人。一、三、五要帶副本，二、四帶打衝突戰，練ＰＫ，只有六、日才能鬆口氣。

衝突戰和國戰不同。簡單說就是戰場副本，是曼珠沙華除了幾塊世界ＰＫ區外，唯一可以合法殺人的地方。

衝突戰可以快速累積榮譽值換裝備，是副本以外取得高端裝備的有效方法之一。

拂衣去的會長不太管事，幾乎都是驕華在帶團。但他又不想把新婚妻子丟下，乾脆帶著去打好了。

沒想到雁遲拒絕了。「哥啊，不用把我結在你腰帶上。你們公會嗷嗷待哺，你不是在訓練新的ＲＬ嗎？自己公會的都快排不過來，我去占什麼名額啊？」

「可也不能把妳一個人扔著呀。」驕華為難起來。

「什麼話呢？以前沒成親我就不用升級？我自己會安排的。」看驕華皺眉，她趕緊加大安慰力道，「哥，你每天穿過大半個曼珠沙華等我上線，又穿過大半個曼珠沙華送我下線。這樣已經太感動了……其他都是小事。」

遲疑了一會兒，他偷偷瞥了眼世界頻道。果然波濤洶湧、後勁無窮。又不知道濟豫會不會突然冒出來找麻煩……讓她一個人真不放心。

可她什麼都記著。連等她上線、送她下線這等小事都上在心底。有種想嘆嘆不出，又甜又糾結的感覺。

「放心吧，這幾天我不外出。」雁遲笑咪咪的，「你家啥都有，我練練生活技能。」

那當然。全服最昂貴的府宅啊，完全遵照大觀園打造的。這個師法紅樓夢的大宅院，不但有豪華馬廄和倉庫，還有藥圃、林子、湖泊、牧場。可說人在家中坐，材料我盡有。

「那好吧。」驕華不太放心的叮嚀，「不用替我省，要什麼儘管拿去用，用光我再補材料。倉庫鑰匙是這把，盡量搬，不要省。」

……這就是嫁給億萬富翁的感覺嗎？真夠飄的。

雖然她不會趕盡殺絕的竭澤而漁，但聽著就是通體舒暢。所以她也只是笑著點點頭，沒跟他推來推去。

雁遲還亦步亦趨的送他到門口，讓這個表皮淡定的大神內心一整個澎湃洶湧，強自鎮定才能故作從容的說，「雁遲殿下，為夫這就出門了。」

「駙馬爺請慢走。」雁遲對他福了一福。

他踩了兩次馬鞍才上馬，姿態還是很優雅，臉皮還是很淡然……只是策馬出門的時候蹭了一下門柱而已。

雁遲等他出了大門才敢笑出聲音。她也不是有意要送他出門……只是這對昂貴的結婚戒指，等她查到價格差點把眼珠子給掉出來。

思前想後，投桃報李，不如親手做個飾品……反正高敏頭飾副本是不出的，她又有個炫陽環的圖紙，材料是比較難搞，但她之前也有些材料存貨。

只是她要拼個「逸品」，就是極低機率做出比一般成品還高品質的佳作。這樣就需要大量材料來洗。

但她人品沒有爆發，洗了三天把材料都用光了，還花掉了大半的財產。才在皇天不負苦心人的定律下，爆出一個超高敏兼高體的紫色炫陽環，讓她得意得仰天長笑。

那天驕華送她回去桃花林，看她心情好的不得了，頗感疑惑。等到了伏羲像，她才扭扭捏捏的拿出紫色炫陽環，「哥，改扮史豔文吧。」

拿到那個接近極品的頭飾，驕華大吃一驚，「……妳做的？這些材料不便宜啊！」

「那、那個……」雁遲別開頭，「我、我兩手空空的嫁給你……這就當作、當作陪嫁吧。呃……我、我去睡了，晚安。」她匆匆下線，不敢多看驕華越來越氾濫的笑意。

紫色炫陽環閃著如陽光芒，上面一行小字：「雁遲贈予驕華」，心底縈繞的淡淡甜味瞬間加重了好幾倍分量，甜得牙疼。

親手所製的禮物，果然比金錢所能購買的強太多太多了。他有些後悔，這對結婚戒指完全被比下去了。他也有專業技能啊，不是嗎？

第二天，雁遲再上線時，看到驕華坐在伏羲像上，衣白勝雪，溫柔似水的望著她……徹底震懾了雁遲。

伺服器等級排行榜第一、富豪榜第一，第一大幫拂衣去王牌RL，公認的剽悍大神……正在穿針引線，巧笑倩兮的往件白外褂上繡花！

雁遲終於知道，為什麼大陸寫手喜歡說「風中凌亂」，現在她就凌亂得可以……哥啊！你受了什麼刺激，什麼不好cos㉝，要cos青霞姊姊的東方不敗啊?!

「正好呢。」驕華斯文的咬斷線，跳了下來，「穿穿看。我親手縫製的。」

手工很細緻，非常漂亮，屬性很強大……這是她穿過最高檔的裝備。

「喜歡嗎？」驕華誠摯的看著她。

「非常喜歡。」她被雷得聲音沙啞。

「喜歡就好，需要感動到哭嗎？」驕華眉開眼笑。

雁遲淡定的淚流滿面，「我真的太感動。」胸口的「驕華贈予雁遲」，起碼有兩個巴掌大。

最少大神沒翹蓮花指啊蓮花指。她記得沒有《葵花寶典》才對。下線的時候要記得查查那本A4開本、兩尺厚的說明書。

既然大神缺乏自覺，他高貴的尊嚴只能靠她來維護了……

㉝cos，Cosplay的簡寫，意指角色扮演。此單字常用於現實生活中，透過化妝、變裝等方式，對各種人物（無論虛擬或現實）進行的扮演行為，與針對遊戲角色而使用的角色扮演（role-play）有所區別。

第七章

大神娶了陌桑遜位女王，和情敵惡獸嶺國主演武台決一死戰，一招驚豔天下……真可說是曼珠沙華營運以來，最驚天動地的大八卦。

當中匯集了愛情、劈腿、情敵對決、天下第一、愛恨情仇，江湖恩怨……甚至等級提升到兩國國主、第一幫派，一整個國際糾紛，江湖翻湧了。

大戰過後，大神抱得美人（？）歸，惡獸嶺國主黯然閉關臥薪嘗膽。玩家們這才驚覺藏在兩尺厚說明書中的「種族血脈天賦」如此之驚世絕豔，掀起了一股「衝血脈」（不是腦充血）的狂潮，人人將七十五級當作目標，整個伺服器掀起了一股練功的勤苦流行。

當然，關於遊戲裡貌不驚人的藥師遜任女王居然可以引起這樣的愛恨情仇，兩國交惡，幫派對立，就成了世界頻道和大街小巷、酒樓茶坊的主要談資。

諸多版本亂飛，目前最有公信力（？）的版本，說那藥師遜位女王，在現實生活中是傾國傾城的援交少女，與邪佞敗家的二世祖（據說是濟豫），以及風流瀟灑、聰明智慧的學生會主席（？）（據說是大神），譜出可歌可泣的二十一世紀中葉浮世繪……此戰之後更往「麻雀變鳳凰」的方向大步前進中……

關閉世界頻道，只收好友密語，宅在家裡當毒梟（製毒34啦）的雁遲，茫茫然的看著爆笑公會頻道，消化好久才搞懂這麼複雜而且自己完全不知情的虐心又虐身，簡直是瓊瑤加上鄭媛和一部分《人間四月天》的浪漫鉅作。

她終於開口，「這些人該去民視當名編劇，玩什麼遊戲？浪費人才、浪費生命啊……」她真是非常感嘆。

「雁遲，」會長遲疑了一會兒，「妳呢，世界頻道不要開。妳老公沒空帶妳出門，要出門說一聲，公會的人一定挺妳的。」

34 遊戲內的生產技能之一，用來製作各種毒藥，為刺客類職業的必備物品。

雪舞飄飄：「就是就是，妳不要管他們胡說八道。」

赤霞：「那都是不實謠言，我們才不相信妳會橫刀奪愛。」

咪咪：「大神也絕對沒有跟別的女人不清不楚，妳要相信大神。」

會長：「我招你們來是做什麼的？雁遲這不就什麼都知道了嗎？好不容易當上豪門少奶奶，雁遲妳要忍耐。其他女人沒名分，頂多就是二奶、三奶、蜜豆奶……」

雁遲：「……」

但她倒沒有去找大神又跳又叫。大神和她的關係比較像夥伴或兄妹，要他們倆講啥甜言蜜語、老公老婆，不如叫他們去跳崖。大神表面正經，事實上超愛演的，她也樂得配合。

人前大神不是稱殿下就是雁遲君，當駙馬爺當得超樂的。只有他們倆的時候，她都喊大神「哥」，大神喊她「妹子」，就是一整個學長學妹款。

不過他們彼此都很珍惜對方，這倒是真的。畢竟要這把年紀還有相似的少年靈魂，非常不容易。更艱難的是，兩個性子都柔和，性情相投，言和意洽，用訂作的也沒這麼剛好。

而且雁遲的神經又比較粗，不怎麼在乎蜚短流長。玩了一輩子遊戲，什麼沒見過？大神級人物本來就招蜂引蝶，不過她對驕華倒是挺有信心的。至於她自己的那些流言……是非終日有，不聽自然無。她又不開世界頻道。

爆笑公會頻道講講就離題三千里，平添許多笑果，她興致來的時候還會幫著編。坦白講，她覺得自己編得比較合情合理，感人肺腑。

但她就該知道，大神的肚腸是黑的，早該先叮嚀他才對。

很久以後，她才曉得，他們成親後的第二天，世界頻道刷了一個上午的污言穢語，都是針對她的。她不知情，知情也不會在意，但大神不幹了。

她猜大神是假公濟私了，GM全程監控拍照，踢了不少勇者，犯滿三次直接砍帳號，非常的執法嚴正。大神還很惡霸的上世界，「辱及公主殿下，犯三滿斬立決，絕不輕赦！」

有人罵他搞特權，大神很失形象的冷笑，「知道我有特權還敢輕犯，膽子很肥是吧？回去查說明書，看我是否特權法外。」

在如此惡霸的鎮壓下，的確沒再有污言穢語。只是大神「妻控」和「忠犬」的形象就坐實了，白白替雁遲招來不少嫉恨。

「哥，你這是幹嘛？」雁遲抱怨，「這是假公濟私欸。破壞遊戲規則……」

「規則就是拿來破壞的。」他不以為意，「妳又怎麼知道了？我曉得了，你們那公會都一群大嘴巴。妳要不就來拂衣去，不然就關了那個惹禍的公會頻道。」

「我喜歡小公會。」雁遲皺眉，「我唯一開著的頻道只有公會頻道。關掉我整天跟人都沒講話的。」

驕華歉疚起來，「這陣子我太忙，沒空陪妳。」

「呿，什麼話。我自己會安排自己，忙你的去吧。」雁遲塞了一堆食物和藥物給他，「快去吧，RL不要遲到了。」

「……我居然也能帶愛妻便當出門，還是皇家愛妻便當。」驕華一臉幸福的出門了。

雁遲暗暗的笑了很久。卻不知道大神會這樣回報愛妻便當。

全服第一大公會，傲得不跟任何公會結盟的拂衣去，居然和人口數僅有三、四十的流雲居結盟了。拂衣去據說還勒令非用盟頻聊天不可。

「……幹嘛這樣啊？」雁遲整個囧了。

「妳……妳不來我們公會，又只開公會頻道。」驕華有些不好意思，「妳整天在做什麼，跟人聊什麼，我都不曉得。以後妳開盟頻聊天吧……我比較方便留意妳。」

……大神，說就說，何必臉紅？

「嗯。」她摸了摸鼻子，「以後我就開盟頻吧。」至於被公會的人調侃說笑……就不要告訴大神了。

「明天週六，我有空了。」大神低著頭，「那個……我帶妳去抓雙人飛行座騎金翅大鵬鳥。」

雁遲衝口而出，「這次不cos東方不敗，要改cos神鵰俠侶嗎？」

「東方不敗？」驕華愣了一下，腦筋轉過來，不禁羞怒，「還不知道是誰設定的，裁縫的專業技能就長那樣啊！笑什麼笑！」

笑得奄奄一息的雁遲斷斷續續的說，「哥、哥啊……幸好曼珠沙華沒有《葵花寶典》……」

「哼哼，我若自宮，損害的可是殿下的終身幸福！」

這話一說出來，兩個人都愣了一下，齊齊傾上飛霞暈，別開頭不敢看對方。

身為一個普級的全息遊戲，男女交往頂多到接吻擁抱，其他都通通不行。若有男玩家意圖不軌，光扯開前襟就會被九天劫雷劈死，直接送到大牢去蹲他個十天半個月。

明明知道不能幹什麼，但他們倆成親以來，連牽手的次數都有限，擁抱只限於共轡，其他的時候規矩得要命。這句調笑對他們來說實在太嚴重了點。

於是，成親三個月後，在美麗的桃花林中，伏羲像之前，他們終於有了極大的突破。

雁遲下線前，驕華親她了……親她的額頭。歷時大約零點五秒。

等雁遲掩面下線，驕華扶著伏羲像良久，對自己的怯懦和膽小，無言的深深譴責。他的目標明明不是額頭啊……為什麼會向上偏差如此之遠……他鬱悶得泫然欲泣。

第二天雁遲上線的時候，兩個人都羞得要命。但靈魂再怎麼養不大，幾十年的人生經歷就是擺在那兒，硬要裝出從容的模樣還是很拿手的。

只是共轡的時候，兩個人的心跳都快到接近心臟病發作的邊緣。不約而同的想，遊戲還是別做得太逼真了，簡直是種折磨。隔兩天程式部的頭頭同時接到兩封前輩的建議書，看得他哭笑不得……此是後話。

不過裝著裝著，兩個人就真的自然起來，淡定了。返回中都準備了物資，他們一起去傳送陣那兒傳到梧桐林去。

妖族三十一國的國勢並不完全是友好的，既然有盟國，自然也有互相敵視或敵對的情形。要打國戰，除了任務以外，另一個捷徑就是敵對得夠久，能夠自然觸發國戰。

雖然除了濟豫那個令人啼笑皆非的宣戰外，曼珠沙華還沒有正式開過國戰，但也緊繃得一觸即發，充滿山雨欲來的氣氛。許多玩家經過國境都得非常謹慎，被敵對國的巡邏軍隊（NPC）虐殺是沒處訴冤的。

幸好陌桑小國寡民到令人悲傷的地步，雖然沒有盟國，卻跟各國保持中立的關係。說到底就是滿級高等百人副本「崑崙之境」就在陌桑境內，除了發神經的濟豫，誰也不想跟陌桑敵對，連跑個副本都得被NPC喊打喊殺。

當然，這樣的情形對公主駙馬來說很方便。而大神的存在也曾經讓神民的人口數終於破百了……只是好景不常在。

這些可憐的神民，被又遠又長又難的新手任務折磨得死去活來，這兩種平庸的職業又缺乏強悍的殺招，練等做任務都是種身心雙重的折磨。沒多久，許多人放棄了。寧可刪除角色等二十天，再投靠其他種族……

所以神民的人口數又再次萎縮到三十四人，非常悲涼。現在更沒有人想當國主了，目前陌桑的國主是個代理的NPC。

「妳若想當國主，我再幫妳動員一次。」驕華說。

雁遲輕笑，「現在我不想發國境戒嚴令……而且我對駙馬很滿意，不想招王夫。聽起來多沒氣勢。」

驕華也笑，「殿下對我哪兒最滿意？」

「全身上下身心合一的滿意。」雁遲隨口回答。

……怎麼說說又開始曖昧了。天知道她沒什麼意思啊……雁遲正開始糾結的時候，正好已經走到鷹愁澗附近了，驕華指著澗頂，「這兒開始不能騎馬了，咱們要沿路走過去。」

鷹愁澗附近楓紅賽血，秋色濃重，有種悲愴的蕭瑟美。驕華在前面走，雁遲跟著，宛如閒庭信步。兩人都是白衣，衣袂飄舉，氣質閒然清冷，籠著淡淡煙霧，林間穿梭的仙禽靈獸紛紛駐足，襯著滿天楓葉，如詩如畫般……

但都是假象。

真相是，為了不讓這些看起來頗美麗可愛的「仙禽靈獸」拖台錢，雁遲把她珍藏已久最毒辣、最有效的定身粉拿出來盡情揮灑了。這玩意兒可以定身五分鐘，攻擊也不會取消定身效果，藥效過去還會自動消仇恨。

可說是殺人放火、刷副本、打戰場，居家必備極品毒藥，可惜這玩意兒做出來就靈魂綁定，藥材之珍稀和昂貴令人髮指。若不是嫁了個珍稀藥材快塞爆倉庫的大神，她還真捨不得用。

所以讓他們倆朦朧得宛如柔焦的「薄霧」，就是定身粉的施放效果。仙禽靈獸的駐足也不是沉魚落雁的驚豔，而是身不由己的欲哭無淚。

許多真相，都是非常殘酷的。

但在附近練等解任務的玩家不知道，只是眼底閃著憧憬愛慕的星星眼，看著大神和大神夫人瀟灑如仙的閒步而過，隱隱約約傳來幾句天籟，「遠山含笑……春水綠波映小橋……」，一整個浪漫極了。

不得不說，無知者無畏，無知是種幸福。

至於這對貌似善良，事實上是「東邪西毒」的小夫妻，一路荼毒仙禽靈獸，一面憶苦思甜，正在唱上個世紀流行過的梁祝。

他們合唱完一整段的〈遠山含笑〉，談論起來，才發現媽媽們都是凌波迷，不禁笑個不停。

「我家唱片都聽爛了。」驕華滿是寵溺的無奈，一劍穿了撲過來的仙鶴，「從小聽到大，不熟都不行了。後來凌波不是開演唱會嗎？我特別託關係買票給我媽去。」

「你去了？首場嗎？」雁遲一臉驚喜，揚手毒翻了幾隻白虎，「我也陪我媽去了。那票真是難買啊……」

「我們說不定擦肩而過。」

「現在能跟誰談這些。」雁遲感慨。

「妹子，」驕華溫和的說，「有我呢！」狀似自然的牽了她的手，一步步的走上山澗小路。

她害羞得不知道怎麼辦才好。距離溫存和心動，已經十幾二十年，非常陌生，簡直像是上輩子的事情了。

都是老太太、老先生了，現在這樣真的……合適嗎？她心跳得這麼快，臉這麼紅……應該嗎？她開始有點生氣，驕華是在幹什麼？把她逗得心慌意亂很好玩嗎？雁遲糾結了。她想抽出自己的手，卻發現驕華的手心沁著汗，不像她想像的淡定從容嘛……

這對返老還童的東邪西毒，一個出劍如電，一個滿天撒毒，表面鎮靜淡然，內心波濤洶湧的拾級而上。

直到澗頂，只見流瀑如絹，陽光一照，竟顯出燦爛的虹。滿山豔色，天高清朗，山嵐飄動他們的衣襬。金翅大鵬鳥發出清嘯，成群的掠過崖頂。宛如圖畫般。

驕華抬頭看著金翅大鵬鳥，卻沒有動手。只是牽著不肯放手。「……其實，我不喜歡梁山伯。」

雁遲用眼睛問了個問號。

「活活把自己氣得病死，太沒用了。」驕華淡淡的說，「真的很愛祝英台，那就好好活著，考取功名，當大官。活著才有機會啊。愛到連命都不要了，那還有什麼值得執著？抄了馬家也好，倚勢強要祝英台也行。十年、二十年，只要祝英台心沒變，再怎麼卑鄙下流的手段都值得用。」

他逼視著雁遲，「妹子，妳說對不對？」

「我、我……」雁遲結巴起來，「我若是祝英台……直接私奔就是了。不、不用拖那麼多人下水吧？」

「妹子，妳心太軟。」他把雁遲拖近些，「人善被人欺，馬善被人騎。」

雁遲嚇得欲退不能，整個大腦打結，「我我我……不會有人想騎我……」

話才出口，她在心底尖叫一聲，我是白癡嗎?!

驕華眼神一闇，「是嗎？」突然將她攬進懷裡，這次他一點偏差也沒有了。

雖然只是斯文的貼著唇，雁遲還是覺得大腦轟的一聲，什麼都看不見。兩個人都有點發抖，畢竟都距離溫存太遙遠的時光了。

即使這樣純潔的吻，還是讓雁遲有些昏昏沉沉，只感到驕華的睫毛輕輕的在她頰上搧著，柔軟的唇一路蜿蜒而下，滾燙的落在頸子上……

其實驕華也是鼓足了勇氣，只是他實在沒膽來個法式熱吻。只好蜻蜓點水似的吻下去，他覺得在脖子上留吻痕實在太羞人，但很想留個印章證明產權所有……最後他選擇脖子和肩膀相接處……

一陣巨響，炸得雁遲好半天耳朵都嗡嗡叫，啥都聽不見，眼前一片劇烈的光茫，瞎了好一會兒。

抱著她的驕華不見了。就在這個時候，系統公告了。

系統公告：靜濤駙馬都尉驕華意圖不軌，險犯淫戒。遭受九天劫雷之刑，入冰牢反省十天！以茲警戒！

等雁遲眼睛看得見的時候……她倒希望自己繼續瞎下去。盟頻炸翻過去了。

【拂衣去】戰天下：「老大終於忍不住了……牡丹花下死啊……」

【流雲居】豔少（公會會長）：「沒辦法啊，我家雁遲太蘿莉了。蘿莉有三好……」

吵得整個翻天，有人在爭議既是女王受又是蘿莉誘受該叫什麼，也有人抗議蘿莉跟受一點關係也沒有，還有人問驕華脫了幾件才挨雷劈，也有人鬧著要真相。

【拂衣去】驕華：「剛剛說話的都給我滾去拓荒二團，一團沒你們的分了。」

【流雲居】雁遲：「丹藥全面漲價，剛幸災樂禍的漲價三倍。」

這對惱羞成怒的東邪西毒不理嗷嗷亂叫的會裡人，不約而同的關了盟頻和公會頻道。

「殿下。」驕華密語，語氣十二萬分之委屈，「我的裝備全劈爛了。」

雁遲不知道該哭還是該笑，「……等等我去探監吧。你想吃什麼？包子還是蔥油餅？要帶幾件衣服給你嗎？」

驕華一整個未語淚先流。他也只是拱開一點點衣服，這該死的九天劫雷到底是誰寫的！讓他查出來一定讓那笨蛋生不如死！

理論上，現實中可以做到的，曼珠沙華都能做到。只是為了普級，許多功能都鎖起來了。所以玩家連自己都不能脫光光，男生會有件褻褲，女生還會多件肚兜。

但要怎麼在後輩和同事的眼皮底下，單獨將他和雁遲的角色解鎖呢？難度真的不是一般的大……可他不想再被雷劈了！

看起來，只能駭進去了。被劈得外焦裡酥、衣破髮亂的大神，非常認真的思考如何對自己公司進行駭客的不良計畫，脣角帶著不太純潔的怒笑。

第八章

驕華被關了十天，雁遲也探監了十天。

到底他們說了些什麼，別人不清楚，不過坐完這十天的牢，驕華就把RL的擔子一丟，陪著公主娘子衝等下副本去了，引起拂衣去一片雞飛狗跳和譁然。

其實，雁遲也沒說什麼。她去探監本來繃緊了臉，驕華還以為她發怒了。結果她弱弱的說，「……我是不好意思，不是生氣。」還把手遞給他。

那一刻，他突然整個安定下來。

將她的手按在頰上，「雁遲。我們把過去通通扔出曼珠沙華吧。在這兒，我們就是我們。之前所有歲月通通不存在。」

她的眼神很清澈，充滿信賴。點了點頭，「好。」

所以他費盡力氣，神不知鬼不覺的駭客成功，讓雁遲和他都解了鎖，待她卻一如以往，呵護珍惜，卻沒踰矩過。

雁遲察覺了一些隱約，心底卻覺得好笑又感動。她這位駙馬爺，與其說他是個老先生，還不如說是個古代大俠。

但她喜歡這個古代大俠。他們現在會牽手，但連擁抱都很少有。至於親吻，真要天時地利人和，花前月下，燈光美、氣氛佳，一切完美無缺（雁遲懷疑驕華還會先看過黃曆），才謹慎的淺嘗輒止。

最親暱的場景別說限制級，連保護級都搭不上邊，一整個非常令人唾棄。

但雁遲覺得挺好的。

驕華帶她打遍了所有的副本，鬧騰過所有任務。雖然說因為設定更改的關係，金翅大鵬鳥抓不了了，但根據內部尚未公布的消息，即將開放的「華山論劍」，雙俠賽第一的獎品就是金眼神鵰一隻，正是雙人飛行座騎。向來討厭ＰＫ的她，也同意跟驕華去爭取了。

雖然她心底很明白，打上第一是不可能的……但驕華那樣興致勃勃，眼睛閃爍著燦爛光芒，她就覺得沒什麼好堅持的。

幾乎是花了一年的時間，她和驕華日日一起遨遊了整個曼珠沙華。老實講，若是這樣日日相見，也該厭了吧？但看著他牽著自己的手，分花拂柳的走過中國山水畫般的曼珠沙華，溫潤的側面和一點點柔軟的笑意。

瘦肩風異，弱不勝衣。談笑間，三尺霜鋒如魅似電，從不虛發。淡定得有些清冷的少年儒俠，只有對她才會露出溫情脈脈。

僅僅是看他走來，就覺得心花怒放，燦然若繁春三月，無盡芬芳。

等級排行榜隨著封頂滿等的人越來越多，終於取消了。營運滿第三年，官方的三週年慶祝活動就是，「華山論劍」正式展開。

說白了就是競技場而已，卻取個這樣武俠的名字。而競技場對決有分單人賽、雙人賽、五人賽。驕華和雁遲報名的就是雙人賽，同他們這樣衝著雙人飛行座騎而來的，還有許多玩家。不過因為獎品性質的關係，大部分的是男女搭配出賽……戰天下就邀過豔少參加過雙人賽，被豔少罵得狗血淋頭。

豔少冷著臉問，「我問你，金眼神鵰歸你還歸我？」

戰天下糊塗了，「擲骰決定啊。你放心，就算我骰到也會載著你走……」

豔少暴跳了，「老子造了什麼孽，要讓男人抱著在天上飛？」

戰天下很委屈，「不然歸你啊，你載我……」

豔少更是冒著被禁言的危險出口成髒，「~!@#$%^&!!你是什麼玩意兒，老子還得抱著個臭男人在天上飛?!你這小白二百五！……」

這就是為什麼沒什麼男玩家肯跟同性結伴參加雙人賽的緣故。所以雙人賽被暱稱為俠侶論劍，就算同性參加的，通常不是耽美就是百合，莫怪豔少會氣得暴跳如雷。

雁遲和驕華這對，倒沒有這些疑慮。只是「華山論劍」的規則對雁遲來說極為不利。規則上禁止使用各種藥物和道具，對於雁遲來說，簡直是自廢武功。即使是跟驕大神搭檔，也無法挽救頹勢。

驕華自己也坦承，之所以如此顯眼，除了他累積數十年的電動經驗，還有對曼珠沙華無人出其右的了解。所以他裝備和等級都可以走在最尖端。但大部分的人都滿級後，等級優勢就不存在了。裝備也隨著練生產的人日益增多，副本熟練後刷出不少，這個優勢也漸漸泯滅。

在原始職業設定上來講，藥師和儒俠本來就屬於複合職，缺什麼可以補什麼，卻沒有特別出色之處。這樣的職業侷限，想在競爭激烈講求高攻擊的ＰＫ上面，和別的職業搭配就不容易討好了，何況還是這樣雙弱勢組合。

但驕華信心滿滿的，笑著要雁遲不用擔心。低聲說明了他的戰略，雁遲驚訝的張大眼睛，低頭尋思，苦笑兩聲，同意了。

大神夫妻出手，眾所矚目，卻讓人大失所望。沒有眾多毒藥的加持，雁遲淪為二流補師，仗著絕佳輕功邊補邊逃。大神則是施展各式各樣的保命絕招，用優秀的抗打擊防禦，慢慢磨死對方，完全沒有演武台那樣令人驚豔的華麗。

很快的，大神被視為死在沙灘上的「前浪」。愛慕者紛紛改志，轉倒向出關參加華山論劍，出手華麗狠戾的濟豫。他和一個東海龍國的男劍客搭檔，追求最大破壞力，毫不畏懼人言。

一個英姿煥發，一個英武非凡。這對冷酷的帥哥瞬間就成了眾家少女的新偶像，行動都會引起一陣尖叫。

而過氣大神和遜位女王，就非常低調的緩緩晉級，並且神不知鬼不覺的打入前八強。能打入前八強，當然都是一時之選。但和大神遭遇的頭一隊，卻覺得異常屈辱和悲憤。

這場只能說是風雲變色，天地同悲，足足打了兩個小時。對方是兩個法系青鸞，精通各式各樣水系魔法，可以將人凍在地上，施展冰霜雨霧的各級法術。

但遇到擁有各種保命技能、血又厚的驕華，暴風雪就成了毛毛雨，冰凍術成了冰淇淋。雁遲則遠遠的在法術範圍外納涼，而她高超的輕功又讓四肢不勤的法師追不上。

最可惡的是，這兩個一整個閒庭信步，鮮少攻擊。伉儷情深的互相補血——早換了高體高療裝了。眾多攻擊手不禁戰慄，和強大的奶媽打架，摧殘的不是身體而是更過分的心靈……

於是兩個小時後，心靈飽受摧殘的青鸞夫妻棄權，大神夫妻滿血出場，獲得勝利。

之後遭逢大神夫妻的隊伍，無一例外的決定「珍愛生命，遠離大神」，棄權得非常乾脆。喜歡大神的稱讚大神「智勇雙全」，討厭大神的罵他「卑鄙無恥」，在毀譽不一中，他們輕鬆進入了決賽和濟豫那隊對決。

這場對決，卻讓眾人大驚失色的改觀。一整個冬雷震震，天雨粟，鬼夜哭。

除了雁遲，雙方都開了血脈。濟豫和他的夥伴一起集攻雁遲，卻讓大神一招橫掃千軍，雙雙斃命，連帶毀了半個論劍場。大神出手，一個頂兩！

「攻擊系的呢，就有這缺點。」驕大神評論，「拿防禦換取高破壞力，本身跟豆腐一樣。」

雁遲默默無言看著被破壞的場地和誤傷的無辜觀眾……這年頭的豆腐，種類真齊全……

於是大神開心的cosplay神鵰俠侶，抱著雁遲揚長而去，飛得那一整個清俊瀟灑……最少跌進公主府的凹晶湖前，是相當瀟灑的。

把大神撈出水面，背著昏迷不醒的夫君往屋裡走去時，雁遲很感嘆。看起來點不點天賦，除了威力大小，副作用似乎都差不多。

她沒使用種族血脈天賦，真是太明智的選擇了。

*　　*　　*

時光匆匆，驕華和雁遲成親滿兩年。

頭一回看到驕華繡花，一整個風中凌亂。第二次看到驕華穿針引線，那叫做冬雷震震。但這樣看了兩年下來，她已經整個淡定了，甚至覺得「認真的男人最帥」，就算他在做女紅。

因為「郎君手中線，娘子身上衣」嘛。不過她死也不會說出口的。只是在驕華做女紅的時候，默默的挑選材料幫他做玉簪。

即使在一起這麼久了，他們還是很害羞……進度只到接吻肯張口。時間還很短暫，絕對不會超過一盞茶的時間，兩人頰若滲血，連看對方都不敢。其他進度是一概沒有……令人懷疑解那個鎖是幹什麼用的。

互贈結婚紀念日禮物後，稍微親密了一點點……驕華終於達成夙願，在雁遲的脖子和肩膀間落下一個很淡的吻痕，沒有被雷劈。但也夠他滿頭大汗，滿臉羞慚了。

只能說，這是對很羞澀的老先生和老太太。戀愛這回事還是不要太生疏，所謂三日不彈，手生荊棘，這對純情到翻掉的老情侶就是最佳例證。

含羞默默對黃昏了半天，驕華很沒創意的邀雁遲去兜風。自從有了那隻金眼神鵰以後，他就很愛拉出去顯擺……即使現在的金翅大鵬鳥已經可以捕捉了。

滑過清新潔淨的天空，三十一國在巨翅下一閃而過。

幾個剛在練習御劍飛行的新手，用非常難看的姿勢，大呼小叫、歪歪扭扭的擦身而過，就在他們眼前華麗麗的撞山了。

「……我那時練飛的時候，什麼能撞就撞什麼。」驕華嘆息。

「你們那個哪叫飛。」雁遲笑，「那是在天空划狗爬式。」

驕華挑眉，雁遲也學他把眉毛挑得高高的，「哥，我是第一個學會御劍的人。要不，我證明給你看？」

驕華心底一緊，「不不，我相信。這高度跌下去非死不可。」

「死了也能復活，有什麼……」

「不行！」向來溫和的驕華立刻變色了。

一個不小心，踩到驕華的底線了。雁遲微微的苦笑。

她和驕華沒吵過架，但性情溫和的驕華偶爾會爆發。她發現，若是她在驕華眼前死了，驕華很容易就失去理智。

有回他們和拂衣去的幾個人去刷個很熟的副本。一路上能閃就閃，能躲就躲，沒耗太多時間就到Boss前面。驕華坦王，一個武士坦王喚出來的小怪群，本來都好好的。

但因為太熟了，裝備也起來了，所以未免輕慢了些。副坦顧聊天聊出失誤，小怪群撲到藥師雁遲的身上，讓她倒地了。

驕華立刻開了血脈，發狂似的殺了王和小怪群。復活雁遲後，凶性大發的掃蕩了整個副本，連地上的小動物都沒放過。慘白著臉拖著雁遲離開，連昏過去都緊緊抱著她不肯放。

類似的情形發生過幾次，雁遲領悟到，驕華對她的死有種深刻的恐懼和憤怒，往往會失去理智，簡直快成了心病。她勸過幾次，驕華只是陰沉不語，還逼著她發誓，一定要死在他之後。

別人都笑他小題大作，但雁遲卻覺得甜蜜，縈繞著綿長的悲涼。

旁人不懂，她卻懂，非常懂。

「驕華，」她語氣溫軟的說，「我等了幾十年才等到你，捨不得死的。我讓你看看什麼才叫做真正的御劍飛行。」

僵了一會兒，他才慢吞吞的鬆手，看著她畫出一道美麗的弧線，跳入青空中……瞬間喚出飛劍，當空翻了三個後空翻，像是敦煌飛天般婀婀娜娜的緩降，又突然加速迴旋。

像是長了雄鷹翅膀的精靈，充滿生命力，非常享受並且熱愛飛行。

當她之字緩降到驕華的懷裡時，他把頭埋在她的頸窩，「岳納珊，之前我找妳幾十年，妳莫不是在我頭上飛吧？不然怎麼到現在才找到？」

胸口的悲涼更盛，她勉強笑了笑，「終究還是找到了，總比……」

「噓，不要說。」他雙臂使力，「別說。」但卻微微發抖。

太陽西下，遍天染著絢爛彩霞，一天最美的時刻。但何其短暫。

第九章

像是證明她的預感一般。毫無徵兆的，她病倒了，被送入醫院裡。等能再上線時，一週已經匆匆而過。

她密語驕華，他卻拒絕任何密語。卻接到了許多告狀，流雲居和拂衣去的人爭先恐後的告訴她，這個禮拜她沒上，驕華像是發瘋似的。

這個時候的曼珠沙華已經有幾個國家開啟國戰了。他國國民只要跟戰事國不是敵對或敵視，可以用傭傭兵的身分前往參戰。驕華等了一天沒等到她，跑去當傭傭兵殺了兩天，簡直是屍橫遍野，所向披靡。卻違約逃離戰場，跑去攔截身在野外PK區的濟豫，瘋狂追殺到濟豫逃下線，向遊戲公司抗議驕華惡意PK，違反遊戲規章。

等鬧到天怒人怨，他又銷聲匿跡了，明明在線上，卻一聲不吭，不知道躲在哪。

她在盟頻喊人，驕華沒有理她。

疲勞的嘆了一聲，她慢吞吞的寫了飛鴿傳書：「驕華，我病了。不能待太久。你還好嗎？」

疲憊的坐在伏羲像上發呆，看著滿林桃瓣紛飛，有種孤寂的淒涼感。

「妳沒別的話跟我說麼？」驕華冷冷的聲音響起。

她愕然的看著站在伏羲像下的驕華，一臉乖戾陰沉，眼角微微跳動。「……你為什麼生氣？生病也不是我願意的……」

驕華硬把她拖下來，抓著她的手臂，目光灼然若火，「妳，沒別的話想說麼？」

「……有時候要作檢查，可能也上不了線。」

驕華突然拔劍，劍尖抵著她的胸口，微涼後灼熱，應該是有血滲出來了。

她卻只想到，奇怪，這裡不是世界PK區，為什麼未經決鬥許可，驕華可以刺傷她。

他收了劍，神情很奇怪。眼神複雜，又憐惜心疼、又痛恨憤怒，猶豫不決，痛苦不堪。

最終他將劍一丟，緊緊抱住雁遲，大滴大滴的落下熱淚。「……不公平。我找妳這麼久……」

雁遲回抱他的腰，「我也等你這麼久……所以我會回來的。你不要擔心。」我不想把你孤零零的丟在這裡。

雁遲閉了閉眼睛，「我今天比較累，所以只能上線看一下。明天……來接我？」

驕華點了點頭，卻無法出聲。懷裡的雁遲淡去，分外虛空，寒冷得幾乎無法壓抑。

第二天，雁遲在相同的時間上線，也在相同的時間下線。若是不上線，也會在前一天告知。

驕華已經恢復常態，絕口不提那個禮拜的缺席，一貫的溫潤如玉，謙謙和和，只是更不願意獨處，連雁遲採藥都要跟著去。

雁遲只是溫笑，並沒有說什麼。心底的惆悵，也沒有絲毫顯露。

這大概就是……相遇恨晚。在人生最末的黃昏才相遇，永夜即將籠罩。苦苦等待尋找幾十年，各自遇到不同的人，相戀或相依，卻在午夜夢迴時感到迷惑恍惚。

總覺得，不是眼前人。但到底等什麼、想找誰，卻又茫然無所知，浮生若夢。沒想到卻在虛幻的世界裡，終於等到、找到……

可來日已無多。

「悲莫悲兮生別離，樂莫樂兮新相知。」她對驕華說。

「任憑弱水三千，我只取一瓢飲。」驕華靜靜的說，「所以沒有新相知，也不會有生別離。」他聲音有些緊繃，「我沒有那麼多個幾十年。」

發了一會兒的呆，雁遲粲然一笑，「入必言兮出必辭。放心，我不是少司命。」

他們將這話題丟過不提，像是什麼事情都沒有發生過一樣。

就在這個時候，曼珠沙華迎接了第一次的世界事件：冥道入侵。

第一個被入侵的，卻是小國寡民的陌桑。

雖然冥道入侵，所有的玩家都可以來共同防守，但是皇宮只有陌桑國民才能守衛。若是國主被殺，陌桑就淪陷於冥道之手，將來要打回來就非常困難。妖界三十一國，就剩下三十國了。

守在宮殿門口的，只有驕華和雁遲而已。其他神民不是沒玩了，就是不感興趣。他們倆默默的守著，聽著遙遠的殺聲震天。也是這一天，雁遲首次開啟了種族血脈天賦。

殘陽若血。驕華的劍收割了太多生命，也漸漸沉重。前仆後繼的冥道軍隊殺之不盡，他開始懷疑能不能守住宮殿。他耐心等待，等著冥道軍隊都擠在宮殿門口時，才好開血脈追求那十五分鐘的強悍。

但他揮劍了十分鐘，就感到吃力了。

「發動起來，這麼慢啊。」他身後的雁遲喟嘆，「這樣實用性真的好低……」

原本是白玉鋪就的宮前廣場，卻在轉瞬間轉成霧樣灰濛、破裂。細縫中鑽出青青幼苗，沒多久就盛開著紅得發黑的花。

纖弱而妖異的花。近乎黑的石蒜，彼岸花，曼珠沙華。

空氣因為高溫而扭曲，妖異的花吐著劇毒的芳香。像是一種無救的瘟疫，滾滾滔滔的不斷擴散，龐大的冥道軍隊無聲的被腐蝕、倒下，一種地獄似的場景。

將手攏在衣袖裡的雁遲，表情淡然。臉孔竄起細細的烏黑刺青，像是被彼岸花占據了。

「醫君六徒，災藍。」驕華的瞳孔縮了縮，「但她應該是混血妖……」

「我也不清楚。」雁遲淡淡的，「綠方對神民的設定非常堅持，若不能照著她的設定，她寧可不做了。」

她也沒想到，她的種族血脈天賦，是機率小到幾乎出不了的隱藏設定。擁有本命火和本命毒的災藍。

只是和原始設定似乎有些不同……沒聽說會冒出彼岸花的。

沒有傷口，卻有種無形的東西不斷奔流而出，讓她感到非常虛弱。神智漸漸縹緲，她只能撐到將本命毒和本命火收回，就倒在驕華的臂彎裡。

「……別碰我的好。」雁遲苦笑，「本體會造成友方灼傷。」

「我不怕痛。」

雁遲看了他一會兒，「送我下線好嗎？」臉上烏黑的彼岸花怒放。

「好。」

驕華喚出金眼神鵰，脫離戰場直奔桃花林，手臂灼傷，發出奇異的味道。懷裡滾燙的少女似睡非睡。

「等我好嗎？」雁遲輕笑，「我一定會回來。」

「好。」他繃緊了臉，「我一定等妳，不管多久。」

而她這一去，就是經月。等她再回來時，身影竟然淡了許多，所幸頰上的彼岸花已經褪去。

她方開口，驕華便覺心痛如絞。

雁遲說，「驕華，我是來道別的。曼珠沙華，將不再有我。」

他低頭良久，聲音沙啞，「在曼珠沙華之前，我未曾愛過任何人。」手底的劍，已經刺穿了雁遲的心臟，將她釘在伏羲像上。她無法抑止的吐出一口血，濺了幾滴在驕華如玉的臉孔。

淚流滿面，卻伸手探向雁遲的傷口，摸索著。

雁遲苦笑，「你……想割斷我和塵世的連結是嗎？」她有些上氣不接下氣的笑，「別鬧了，驕華。那只是個理論……腦波不能脫離肉體存在……你被查到會很慘的。」

「……很痛嗎？」他的淚更洶湧，「對不起……但我不知道怎麼放手。」

「其實不疼。」比起再也見不到他的痛……一點都不疼。「我的病，不能再進感應艙了。你不如試試看能不能割斷連結……反正結果都一樣。運氣好說不定……」

但她的神識漸漸滑落，知道已經來不及了。也好。她本來就希望能葬在曼珠沙華。她的病等於是沒救了……最少她想選擇最後的終點。

驕華卻把劍拔出來，緊緊的抱著她，仰首悲絕的發出尖銳又刺耳的長嘯。那聲音，怎麼跟警笛一樣……

*　*　*

她在醫院醒來時，知道自己的願望落空了。

生死一線間時，她的感應艙突然發出極響的警報聲，比汽車警報器還響。驚動了大樓管理員，救火車破門而入，將服下大量安眠藥的她送到醫院洗胃，把命救回來了……暫時。

主治醫生皺眉看著她，非常惱火。「迫不及待是不是？又不是完全沒有希望，犯得著輕生？」

「不開刀我只能活半年，開刀成功率只有三成，可能還有強烈的副作用。」雁遲乾乾的笑了兩聲，「都什麼時代了，安樂死還沒合法。自力救濟還要被醫生罵，什麼世界。」

「萬一明天就發明了有效的醫療手段呢？妳不就白死了？」相識多年的主治醫生罵個不停。

她漠然的聽著，心思飄遠，漸漸沉入睡眠中。醒來滿臉淚痕，卻不記得夢見什麼。

住院了幾天，她發現有時會短暫失語、記憶流失，知道自己清醒的日子不太多了。

驕華，你就該下手。為什麼要觸動警報，硬把我送回來？你把我送回來，是逼我去拚那三成的機會。

她默默流淚，思前想後，很快的做了決定。

換了衣服，悄悄的溜出醫院，直往遊戲公司而去。雖然早已退休，但公司對他們這些元老是很尊敬的，畢竟他們對曼珠沙華做出巨大的貢獻。

她直接走入程式部，找到了頭頭，輕輕喊，「戰天下。」

他張大了眼睛，「妳怎麼知道？」

「我知道的事情多了去。」雁遲淡淡的，「我還知道程式部的公會就是拂衣去……知道驕華就在這棟大樓裡。我當過很多年的編劇，你記得吧？我認識不少記者，而在這資訊爆炸的世界，根本沒有真正的祕密。」

戰天下慌張了，「莫小姐……」

「不要讓我威脅你，這樣我覺得很卑劣。」她輕輕的笑，「我快死了。請給我一個機會，我想見見驕華。」

「不、不行。」戰天下很狼狽，「妳不明白……」

「相信我，我明白。」雁遲斬釘截鐵的說，把她的病歷摔在桌上，「成全我吧！我活不到洩密了。」

最後戰天下還是帶她去了，略微尷尬的說，驕華是他的叔公。「……希望妳不會失望……」他嘆氣。

隔著實驗室的玻璃，她的確見到了驕華。特別訂製的感應艙裡頭，模模糊糊漂浮著一團，仔細分辨很久，才看得出那是個大腦。

「曼珠沙華的主程式結構是叔公起草的。」戰天下低聲說，「但他快被癌症殺死了……最後搶救的結果，就是這樣……」

她貼在玻璃上，看了許久許久。

「我早就知道了。」她靜靜的說，「所以我沒要求跟他見面，也沒跟他要過電話。」眼淚滑過她的臉頰，笑著說，「本來以為會見光死，可惜一點都不。我想他就算是一隻蟑螂、一個外星人，我都沒關係……」

她的聲音開始顫抖，「若不是我得了腦瘤……我覺得，像他這樣存在，也很好，我們能夠當鄰居……」

但她連這個機會都沒有。驕華說得對，不公平。等了幾十年，找了幾十年，完全不在乎對方是什麼，終點卻在眼前，太不甘心。

「請你……告訴他。」她略微平復些，挺直背，「我準備接受開刀。若僥倖痊癒，我就能多陪他幾年。告訴他……我該樂觀的想，曾有兩年的緣分，但我樂觀不起來。告訴他……開刀後我可能會有點笨、有點遲鈍。請他不要嫌棄我……」

「他不會的！」戰天下紅了眼圈，「叔公哪裡都不去，天天待在那個該死的桃花林等，誰也進不去……」

咬緊了唇，雁遲深深吸了幾口氣，「謝謝。」轉身離開。

戰天下低聲囑咐部屬送她，發了一會兒的呆，對著麥克風說，「叔公，你都聽到了嗎？」

揚聲器傳來合成機械音，「聽見了。」

「你不怪我吧？」戰天下有些不安，「可莫小姐……」

「不怪。」

「……你幹嘛不當面對她說幾句話？」戰天下不解了。

「用這個聲音？」合成機械音刺耳的笑了一下，就不再言語。

他從來沒有後悔過這個決定。曼珠沙華像是他的孩子，還未成形就棄世而去，他不甘心。所以他同意僅餘大腦的存活下去，事實上能擺脫那個千瘡百孔的病體，他還暗自慶幸過。

他甚至發現，能連接上網路，他就能去任何地方。這是一種無法言喻的甜美自由。

第一次見到雁遲，就是在程式部的監視器看到的。記得她很瘦，皮包骨似的。穿著深色高領羊毛衫、斜格長裙，腰間繫著寬皮帶，頭髮規矩的綰髻。卻惡狠狠的掐著他的姪孫，滄桑的臉孔卻有著少女的氣急敗壞。

他笑了出來，無聲的。

很可愛的女人。被欺負卻只在那邊找漏洞，而不是嚷著喊著要作弊。她可是元老啊，很能恃寵而驕的。

先是笑嘆，之後憐惜，又覺得義憤填膺。自家人被欺負，他是不能忍的。

起初只是護短，但她比想像中還可愛。越相處越驚喜，千山萬水無盡歲月，竟然讓他在虛幻浮屠中找到了彼此。

但為什麼是這樣的遲？為什麼他失去大部分的肉體，為什麼她會生連大腦都保存不了的病？

他真恨，真怨。那個銷聲匿跡的一個禮拜，說多麼痛苦的折磨。而她卻不肯告訴他真相。真的，那時候他真的想剖開雁遲的心，強迫中止她和肉體的連結，將她永遠留下來。

但他兩次都無法下手。雁遲說得對，這只是理論，更有可能讓她成為植物人，或者直接腦死。

不甘心，太不甘心。他不接受這種結果，絕對不接受。

回到曼珠沙華，倚著伏羲像，他熱淚如傾。

第十章

經過許久的努力，還是不能不承認，手術失敗了。

儀器上的腦波，只剩下平平的一條直線，不得不宣布腦死。這本來就是成功率極低的手術，腦瘤的位置真的太不妙了。雖然知道非戰之罪，醫生們的心情還是很低落。

但儀器的顯示，卻讓所有的人眼睛發直。出現了第二條腦波，活潑而狂躁。

「儀器故障？」有人忍不住開口了。

但讓所有人更呆若木雞的情形發生了。第二條腦波糾纏著第一條，漸漸的，原本平直的直線，微微起伏，幅度越來越大，兩條腦波像是糾纏在一起似的。

最後螢幕一片漆黑，什麼都沒有。

就在這個時候，從醫院開始，轟的一聲停電了。備用發電機啟動，但這個城市一區區的快速黯淡下去，毫無預警的大停電，一直停到曼珠沙華龐大的機房，附近的高壓電線燦出巨大的火花。

也是這個時候，遊戲公司的實驗室才驚恐的發現，驕華的大腦，已然停止運作，再也沒有絲毫生機了。

曼珠沙華的桃花林，沒有任何玩家能夠進入。這個美麗卻被封印的桃林，漸漸被人遺忘。

然而，在伏羲像下，一對神民少年少女，雙眼緊閉，十指相扣的躺在茵茵碧草中，半埋在桃瓣之下。

藤蔓糾纏著他們的長髮，玫瑰在他們頰邊盛開。晨露沾染著他們的睫毛，春陽又吻乾似淚的露珠。

冬去春來，夏繼秋替。輪迴過三個四季，他們依舊沉睡如死。

雁遲覺得，她做了一個很長的夢，很長很長。她夢見驕華挖開自己的心臟，斷了和肉體的聯繫。從預留的後門——伏羲像，乘著狂濤似的電流，喚醒已經死去的雁遲。

這趟旅程艱辛而危險，好幾次他們都幾乎沒頂。但是……不甘心，好不甘心。曼珠沙華之前，我也未曾愛過任何人。都捨棄肉體，橫跨彼岸了。

這是最後一步，再也不能棄。就算是長眠，也該緊緊抓住對方的手。都等太久也找太久，不知道如何放手。

「痴兒，兩個痴兒。」不知道是誰，隱隱嘆息，「病入膏肓，深入魂魄，不可救也。」

「石頭的心，虛假的神祇，也會感動嗎？」

「反常即妖。」縹緲的笑聲，「妖異到石頭心都會感動了。」

溫暖溼潤的風吹拂而過，在那瞬間，他們重新學會了呼吸、心跳，並且睜開了眼睛。

必須要拔除藤蔓才能解開頭髮起身，並且被玫瑰刮破了幾處臉頰。他們茫然的撫著對方的臉，抬頭看著青碧如洗的晴空。

桃瓣紛飛，緋紅賽雪，落英繽紛。

「……我一直不夠勇敢。」她艱澀的說，實在太久沒說話。

「沒關係，」驕華的聲音很低沉，「我的勇氣很多，夠我們兩個人用。」

或許勇氣過多。多得那麼狠。狠到自我剖心斷命，狠到在死亡之前搶人，發狠到連虛假的神祇都動容。

狠到近乎妖，也沒能放過她。

驕華和雁遲再次出現在中都的時候，拂衣去的人差點暴動。驕華只是淡淡的說，「我們很好。不過多半在崑崙，偶爾才來曼珠沙華。」

「崑崙？」他的姪孫茫然了，「崑崙之境的副本？你們住在副本裡？」

「不是。」雁遲和驕華相視而笑，「不過我要謝謝你。讓我和驕華在現實裡見了一面。」

「有沒有很失望？」驕華挑眉，「一團豬腦。」

「親愛的，」雁遲淡定的說，「就算你是條鼻涕蟲，我也愛你愛個賊死。」

驕華臉紅了，「……殿下，我錯了，饒了我吧！」

戰天下咕噥著，「是我錯了，別噁心我了拜託……」

他們笑著攜手而去，明明是步行，卻一下子就看不見身影。戰天下很想問崑崙在哪裡，最終只是微微紅了眼眶，沒有問出口。

這是個奇蹟。肉體腐朽而靈魂不滅的奇蹟。發生在充滿金屬感冰冷的二十一世紀中葉，讓人相信還有永恆的奇蹟。

所以無須再問。知道他們還會牽著手行走在曼珠沙華的千山萬水、無盡歲月，就還能保有最後的勇氣。

這一年，曼珠沙華開滿了豔紅的彼岸花，卻充滿喜慶的味道。

橫渡彼岸，或許天堂就在不遠處。

（曼珠沙華全文完）

地獄之歌

寫在〈地獄之歌〉之前

各位，早安。

我是JouJou，不是蝴蝶，我很難得的會對蝴蝶的作品發表意見，但是我一定要在〈地獄之歌〉貼文之前大聲疾呼：

各位親愛的女孩們，網戀這種東西既真實又虛幻，不要傻傻的看到對方在遊戲上各種「妳是唯一」的表現，就笨笨的什麼都讓人家端走了，被下鍋了都不知道死活，誰知道他在網路上有幾個「唯一」啊！

男生也是，不要篤信烈女怕纏郎這一套，那也要遇到傲嬌被虐狂才有可能有發展，而且你也不知道纏到最後，究竟纏到的是你喜歡的妹，還是隻準備騙裝的劣等玩家啊！

不管你是男還是女，要談感情到最後都得面對現實的考驗啦，就算是現實中認識相處也未必都有善終，至少為自己留個底線，不要什麼都笨笨的端給人家，失身還是小事，背債、殉情、被告妨礙家庭這種東西社會新聞一大堆，看小說不要太投入，分清楚創作和現實，一定要懂得保護自己懂不懂！

嗯……蝴蝶說我貼〈地獄之歌〉之前可以凶狠的貼警語，因為這篇的男主角真是處處踩到我最討厭的點，最討厭這種男生了，哼！

我才不相信這種(@*%&W的男人會#&*#%(@呢！↑語無論次

By 看到男主角的戲分就跳過去還是照樣氣呼呼的JouJou

第一章

自從曼珠沙華造成絕大的成功之後，儼然成為東方全息遊戲的王者。雖然新的全息如雨後春筍般冒出來，美工和法術設定更炫更華麗……卻因為劇情的薄弱，沒能撼動曼珠沙華分毫。

但在曼珠沙華出世三年後，這個絕對的優勢被「地獄之歌」打破了。

就如同華雪自言：打敗曼珠沙華，唯有華雪。的確，雖說地獄之歌因為特殊性，所以不到打敗的地步，但的確和曼珠沙華分庭抗禮。

之所以地獄之歌甫上市就造成絕大轟動和爭議，主要是因為……

「地獄之歌」是第一款十八禁的全息網路遊戲。

事實上，地獄之歌應該算是曼珠沙華的一個資料片，只是太轟動了，所以才獨立出來。

這款標榜「無道德」的全息網路遊戲，故事背景存在於與妖界為敵的「冥道」。主城稱為「罪惡之城」。雖說是冥道，但因為客群設定的關係，不像曼珠沙華那麼考驗人品，可挑選的種族眾多，而且個個煙視媚行。

雖說冥道住民多為鬼魄魔魅，但為了賺錢，真的活生生得非常歡樂，一點鬼氣也沒有……（當然你要有也可以，有人設定得很殭尸，完全走鬼畜系）

作為華雪的力作，自然設定和故事性都非常完整嚴謹，但走入地獄之歌的人根本不在意。大部分的玩家都集中在龐大的罪惡之城（安全區，治安非常良好），非常興奮的揮灑新台幣和揮灑現實不能亂撒的荷爾蒙。

這是一款非常昂貴的遊戲。可見慾望的代價是非常高的。

地獄之歌的玩家不但要負擔非常昂貴的感應艙（六十級以後，並且與妖界友好才能使用原感應艙進入曼珠沙華……敵對到友好，慢慢磨任務吧……），還要負擔別的全息網路遊戲三倍的月費。

更讓人髮指的是，如此高昂的月費，卻只附送一把「鐵鑰匙」，等於一個月只能開一次房間。

對的，來到地獄之歌的玩家，幾乎都是為了虛擬得非常真實的一夜情而來的。當玩家情投意合，各自持有相同類型的鑰匙，就可以開房間翻雲覆雨。依照鑰匙的不同，房間的豪華程度也宛如雲泥。

當然，你出城冒險有相當低的機率可以得到各式各樣的鑰匙，或者得到鑰匙碎片加以合成，但對急色男女是來不及的。

或者你可以跟官方商城㉟購買……當然不會太便宜。

地獄之歌營運一個月後，華雪的股票漲了三翻。當然，官方論壇天天被罵翻過去，官方實在搶錢搶得太厲害了。

真的是罪惡之城呢，物慾橫流。

良箴將手攏在袖子裡，冷眼看著穿得衣不蔽體，在大街上就差點演活春宮的男男女女……當然是不可以的，不然華雪賺啥？

但剝除現實文明的皮，人類比禽獸還糟糕……動物還有個固定發情期呢，哪像人類這麼無時無刻。

就沒辦法，生物本能。雖然很悲哀，卻又抗不過去。科學昌明還是有好處的……最少有個虛擬可以發洩，不至於壓抑本能到心理、生理百病叢生，增加許多社會問題。

而且，虛擬不會懷孕、不會得病。男男女女頂個假身分，春風一度，也不會產生任何問題。

說起來，華雪還算是做好事。對她來說，更是好事……無限商機。她這樣一個骨灰級的網遊玩家，敏銳的聞到錢的味道。看起來，她的生活費不但有了，連助學貸款都還得清也未可知。

彎起一抹笑意，她把身上少得可憐的遊戲幣，拿去買了一套男裝武打長袍，束著清爽的的長馬尾，遠看如俊俏少年。當初真是太睿智了，知道要選32A的胸圍啊……良箴大大的誇獎自己的高瞻遠矚。

35 商城，遊戲公司以現金購買虛擬遊戲物品的服務單位，通常號稱免費的網路遊戲都有，等於以進一步付費換取遊戲中更強大的能力。

在罪惡之城囂鬧於紙醉金迷，沉溺於太多的慾望和虛假的愛情中時，她毅然決然的走出城門，進入危機四伏的荒野。

這個時候她還不知道，她將會成為地獄之歌的傳奇人物。

第二章

良箴玩過許多網路遊戲，對遊戲有種尖銳的敏感。甚至還曾經為遊戲雜誌寫過專欄，專攻攻略這塊。

她承認，地獄之歌這種標榜無道德的賣點實在太殺了，但地獄之歌不會成為一款一夜情遊戲。

情慾像甜點，一個月吃個一次回味無窮，垂涎不已。若是連續不間斷的吃，兩天就會反胃……跟體力無關，而是跟心理疲乏度有很大的關係。她猜想，華雪也知道這問題所在，所以從來不標榜「性」，而是標榜「無道德」。

趁現在所有的玩家都還沉迷在城裡尋歡，她趕緊把等級練起來才對，掌握最初的商機……並且維護自己的安全。

她之所以會改扮男裝，並且專注而認真的練等，是因為地獄之歌有個很悲劇

的設定。（對女性和部分男性很悲劇）

在無道德的地獄之歌，不但允許搶劫，還容許……強暴。

當然，搶匪和強暴犯會成為罪犯，不但人人得而誅之，進出罪惡之城也會被警察（NPC）追殺。但很不幸的是，警察是可以花錢收買的。即使在城外犯了任何罪行，只要花點錢，就可以大搖大擺的在城裡瞎逛，受害者只能咬牙切齒。

雖然說，遭逢強暴的被害者可以下達昏迷指令，失去當時的記憶和意識。但不管怎麼說，都是種可怕的傷害。在這麼擬真的遊戲裡，除了讓自己變強，沒有其他保護自己的方法。

一個月後，她的預感成真了。

太多高強度的感官刺激讓玩家疲憊，許多人走出罪惡之城，探索這個頹廢而荒涼的世界。當然也出現了成群結隊或獨自行動的劫匪和惡狼，將人類的劣根性發揮到極致。

而她呢，比一般玩家的等級高上十級以上，就算是練功最勤的練功狂也比她少個四、五級。

雖然她是個皮薄餡美的人魂冰系道師，但等級既高，跑位敏捷，加上多種遲滯冰凍法術，想摸到她的衣角都有困難……何況她還是男裝。

如果她願意乖乖的打鑰匙賺錢，或許什麼事情都沒有。但作為一個過度有良心的人，往往只是倒楣的開始，絕對不是倒楣的結束。

作為一個遠距離法系，四十碼外扔冰箭也是合理的事情。一開始，真的只是看不過去。

她覺得打劫這回事只能說是弱肉強食，財去人安樂。但劫色就實在太過了。罪惡之城找對象很容易，還能夠隨機配對，劫色說穿了就是捨不得花錢，或者想滿足陰暗的慾望，簡單說，就是好好的人不想做，想做畜生。

那她的冰箭會朝畜生飛過去，只能說是遇到畜生就手滑，可能是種強迫症。

不過她殺了第一個強暴犯，卻得到對方所有的裝備和財物，讓她傻了一下。華雪這個設定夠變態啊……她感嘆。但那些裝備和財物居然換了一把新台幣，讓她一個月的生活費都有了，就更感嘆了。

於是悲泣森林（罪惡之城附近的練功區）多了個替天行道的「少年」道師。害許多罪犯遠遠看到冰箭飛過去都會臉色大變。

但人怕出名豬怕肥。雖然良箴不願意，但她的確越來越出名，也越來越多人滿世界買她的座標。

她真的認真考慮過要低調生活，靜候風聲過去。但只要看到紅名的罪犯，她的冰箭和冰雨就會反射性的砸過去。相信我。她默默的想。我也是千百個不願意。

這種強迫症終於出了大問題。她的資料被公開了，罪惡之城的公告欄多了十幾張她的追緝令。

雖然被公開的只是她的遊戲資料……但對她這種長年隱匿（不顯示自我資料）的人來說，還是有點驚嚇。不禁感嘆，不該為了敬業和好奇，跑去跟人開房間。

誰知道連無需肉體的虛擬對象都有「快槍俠」，她更不該沒忍住笑出來，甚至口快的說，「沒關係，鑰匙再打就有了，反正鐵鑰匙很便宜。」

開房間的時候不能隱匿身分，大概就是那時候洩漏出去的。

她再次自我檢討，果然做人要厚道。她拿出萬象手鐲寫筆記，將「男人的自尊要細心而虛偽的維護」認真的寫進備忘錄中。

現在大家都知道她的名字和性別了，傷腦筋。更傷腦筋的是，悲泣森林出現了「組隊推良咸」的口號，而且人數開始往團隊（七人以上）靠攏。

她必須再次唾棄國人的語文能力。箴，念「珍」，不是咸，好嗎？真是令人絕望的錯字。

悲泣森林被翻了個底朝天，她在罪惡之城的鋪子也常被潑油漆，在門上寫些污言穢語。走在街道上，會被憤怒的畜生苦主圍起來，展現豐富精彩的國罵……

但對她來說，一點影響也沒有。

事實上她的鋪子生意越做越大，拜追緝令所賜，名聲越來越響。大家都知道她不但賣鑰匙，還是打家劫舍的第一高手。要知道當個畜生也是不容易的，裝備要肯砸錢（還是現實的錢）才能當個稱職的惡霸，不至於第一回合就躺地板，裝備絕對是金光閃閃，瑞氣千條。

良箴非常理直氣壯的把那些戰利品高掛在鋪子裡賣，甚至記憶良好的說明曾為哪位金主所用，在哪裡獲得。

她的本意只是想說明貨源，但在那些畜生苦主的眼中就成了赤裸裸的羞辱。於是苦主一面發追緝令，一面遮遮掩掩的去她的鋪子花大錢把自己的裝備贖回來……省得羞辱一日過一日。

真沒想到遊戲幣兌換新台幣能讓她有了生活費之外，還提前還得上助學貸款。這真是個腐敗又富裕的社會啊……但她喜歡。

只是嗷嗷怪叫的仇家幾乎把悲泣森林掘地三尺，卻遍尋不獲她的蹤跡。

那當然。因為她通常只路過悲泣森林，主要活動範圍不在那。身為一個專業的畜生殺手，將人魂道師的「銷聲匿跡」（隱身技能）點滿也是合理的。

這是人魂道師專有的種族職業技能。可惜人魂道師實在很少……地獄之歌快成夢魅online了，大家都要挑臉皮漂亮的。

所以她神出鬼沒的路過清理畜生，又銷聲匿跡的回去城裡鋪子將新鮮貨上架，也是合情合理的事情。她才不會傻傻的去跟結成團隊的殺手們硬碰硬。但落單的就不一定了。

良箴主要的活動範圍，在悲泣森林正北方極遠的寂靜戈壁。那是很荒涼的大沙漠，鋼青色嚴厲的天空下，就是金黃色的沙。所謂的綠洲，只長了幾棵掙扎求生的椰棗，不到三坪大的水池，水都帶著苦味。

但良箴喜歡這兒。當然，悲泣森林的名字聽起來憂鬱，卻風景優美，景色宜人。畢竟那是罪惡之城的後花園，冥道主的遊獵地。

說起來冥道主是個有趣的ＮＰＣ王者。他蒼白瘦削，卻美得驚人。良箴聽過女玩家陶醉的說這是個難得的美攻（？）。總是乘著白馬白車，擁著大群侍女在悲泣森林出遊的冥道主，偶爾會邀請（或強請）玩家（性別不一定），通常春風一度後會有很好的賞賜。

不過是靈魂綁定的寶物，沒有任何經濟價值，所以良箴被邀約的時候，很客氣的回絕了。

事實證明，冥道主是個寬宏大量的王者。他不但沒有生氣，反而賜給這個「有骨氣」的小女生一個很實用的獎賞……

原本銷聲匿跡僅能維持一分鐘，冥道主賜福為五分鐘。五分鐘夠她宰殺畜生，收取戰利品，點下回城卷㊱，順便把貨整理上架了。

不愧是她侍奉的君主啊，瞧瞧這種心胸。遊戲腳本不知道是誰寫的，變態得如此人性化，太佩服了。

＊　＊　＊

大漠中踽踽獨行，無須相送。

她是很想這樣跟身後嗷嗷追殺的人這樣講啦，不過講了也是白講，她乾脆把力氣省下來。

其實在戈壁的生活很安靜舒服，冥道是個非常窮的世界，什麼都會善加利用。這片滿地毒蟲、什麼都沒有的大沙漠，卻有許多殺大量怪物的任務。從蠍尾到蟻酸，連大蒼蠅腿都有NPC願意收購。真是非常悲酸的生存環境，難怪冥道主天天呼喊著要前進妖界。

這樣的大量殺怪，相對的會打出很多鑰匙碎片。比起宛如曇花一現、機率甚低的鑰匙，經過良箴精密計算，碎片合成鑰匙的機率雖低，但還是高過鑰匙的出寶率。

任務、打寶、經驗值三合一的寶地，卻會人煙稀少，是有很催淚的緣故。

沙漠的怪物，不管是比人大的蒼蠅，還是比牛大的蠍子、螞蟻，其防禦之高，讓所有物理系望之落淚。其抗火、抗風的特性，讓所有風系、火系法師肝腸寸斷。更不要說其毒無比、力大無窮。死個幾次就會絕望的離開這片傷心地。

唯一能對付的，只有冰系的遠距離法系。

只是不管什麼職業，選擇冰系的實在是少。真正高破壞力的，是火系和風系，講究高治療量的，會選地系。冰系操作複雜，法術眾多到需要別人幾倍的修煉值才能點到堪用，正常人是不會選這個的。

㊱回城卷，使用後能瞬間飛回城市內的道具。

良箴會選冰系，實在是她很敏銳的體悟到，在這個混亂的世界，冰系擁有最多保命的技能。至於在戈壁如魚得水，完全是意外的收穫。

如果不是她又一時手滑，大概可以在這兒窩到六十才出關。

她有點不能了解，對付一個地系牧師需要用到六個人，打劫完就算了，為什麼又起鬨的執行某種邪惡的念頭。更何況，那是個男牧師。

莫非男人對性這種事情心胸非常開闊，勇於嘗試，毫無芥蒂？等她感嘆完，才發現已經上前行了冰足術——把那六個人凍在地板上動彈不得了。

「還不走？」她橫了牧師一眼。

那傢伙算乖覺，立刻跑遠點按下回城卷。她最怕被救的人在旁邊拖累，像是對方派來的臥底，專門給她絆手絆腳用的。

拚命罵髒話的那幾個人，當中一個瞪著她，「妳是……惡魔良箴？」

「你是畜生，我不是。」良箴淡淡的說，用三發冰箭，兩個冰爆，放了很短的風箏就KO了那個多嘴的傢伙。

可惜這是全息遊戲，沒辦法讓他永遠閉嘴。所以她解決了那半打畜生，世界各地蜂擁著趕來了更多畜生……而且是有錢到燒手的畜生。

他們非常豪華的對她使用了封物卷——不能使用任何物品，包括回城卷，時效三分鐘，商城販售限定。使用了破隱卷——隱身技能無法使用，時效三分鐘，商城販售限定。

最可怕的是，每張卷軸的價格，差不多等於現實一個便當的價。

良箴憤怒了。身為一個窮到掉渣，三餐不繼的悲劇大學生，這些金錢過剩的傢伙居然左一個便當、右一個便當砸個沒完，這社會，貧富怎麼如此懸殊、如此不公、如此悲摧啊?!

她強大的憤怒激發了更強大的潛能。行雲流水般的施展冰足術、冰鎖、泥淖，憑藉著地勢的熟悉和高超的風箏技巧，甚至化怪物的阻力為助力……開始了冰系道師群體風箏的長征。

付出五分之四血量的代價後，原本高達二十七人的追殺團隊，被她化整為零、神出鬼沒的殲滅了大半，剩下的剛好組滿一隊七人，全是血多防高的近戰。

但良箴也氣血兩虧，身上還中了三個封物卷和兩個破隱卷。對方興奮高叫，眼見勝利在望……

良箴付出僅剩的魔力，行了一次成功率百分之百，沒有漏網之魚的冰足術。這七個人只能乾瞪眼著看著良箴，所有破冰卷已經在漫長的追殺中耗盡了。

但良箴沒有逃，她在這些殺手的二十碼外站定，氣定神閒的伸手向天……開始「祈禱」。（如魔獸世界的法師技能「喚醒」，可恢復魔力的技能，使用時被攻擊或移動就會打斷）

所有的人都沉默了、驚悚了。

這個離死只差一步的道師，居然如此勇悍（並且侮辱對方）的補充魔力，視死如歸的要全殲所有敵人！

這個時候他們才發現，自己的血也在危險邊緣，在長期的纏鬥（大部分是陷身怪群時），藥水也已經耗盡了。

就在這個危急的摩門特……

祈禱到一半的良箴，眼前出現一張慘白沒有血色的大特寫，嚇得她哆嗦得差點斷法。

她實在很想大叫，「嚇！鬼啊！」，但她本身就是一個貨真價實的鬼（人魂）……這樣喊很沒有立場。

這大概是她見過最詭異的殭尸吧！濃重的黑眼圈，三白眼，目測不超過一百七，只比她高一點。但他詭異的不是在外貌上，而是表情。笑不像笑，哭不像哭。倒有幾分精神病患的味道。

彎著嘴角——良箴絕不承認那是笑——慘白的殭尸先生將一把巨大的槍指向她，轟然巨響。爆炸聲好一會兒讓良箴什麼都聽不到，抱著嗡嗡叫的腦袋，奇怪自己怎麼沒爆頭。

回頭一看，那槍轟過去，七個畜生全成了篩子，化成白光往生了。他們身上的裝備和金錢模糊霧化，全飛入殭尸先生的儲物腰帶裡。

錢啊，那都是錢啊！

「哪有這樣的！」良箴叫了起來，「搶尾刀？你搶我啊?!我帶著他們逛了大半個戈壁啊！好不容易才把他們打個半死不活……最少分我一半啊！」

殭尸先生張大眼睛，露出令人毛骨悚然的微笑。

（良箴承認這是笑了，但還是別笑好了……比看到鱷魚在笑還可怕）

良箴又爭了幾句，殭尸先生拋了一瓶金創藥給她——還是容量最小的那種，就非常瀟灑的……消失了。

良箴再次華麗麗的憤怒了。

第三章

因為長年關閉世界頻道，所以白天在圖書館上網的時候，良箴逛到論壇……瞠目結舌，呈現呆滯狀態。

她帶著二十七個殺手逛戈壁的影片，在多人物、多角度的剪輯之後，放在論壇上了。那個下載率和點閱率啊……她數了好幾次的零，懷疑自己是不是看錯。

放上影片的人非常憤怒而囂張的徵求「惡魔良箴」的真實資料，提出一個高到不可思議的懸賞金額。底下還有畜生苦主附議，說沒真實資料也沒關係，只要能殺掉或強暴良箴，憑影片或照片可以來跟他領賞金，次數不限，永久有效。

……是說，有這麼嚴重嗎？

底下就徹底離題了。有人感嘆要不是全息遊戲不會有人妖，真不敢相信有女生能把皮薄血少的法系玩得這樣出神入化，高手高手高高手；也有人叫好，說

「無道德」不是讓你敗德，成聖成魔存乎一心，然後引發一輪筆戰；還有被害人上來感激涕零，還有女生要以身相許（！）；當然也有嫌她多管閒事，然後又吵得更兇直到被禁言。

最後她是扶牆走出圖書館的。

這個……她只是強迫症的對畜生手滑，她也不願意啊。為什麼事情變成這樣……天下那麼多人打劫，為什麼她就被推到最前面呢？她不過就是個走位強一點的鄉民啊……她連前面都沒有站，為什麼被推得這麼自然……

她悲憤，她糾結。就因為太悲憤糾結，所以失去理智的、奢侈的跑去吃了一碗牛肉麵。但一個長年少見葷腥的人驟然吃了太油膩的東西，回去更悲摧的拉了肚子，寫報告的時候縮得像團蝦米。

這是一個怎樣的悲慘人生。

直到睡下進了地獄之歌，看見她的小鋪子像是被搶劫過似的幾乎掃空，豐厚的報酬才撫平了她受創甚深的心靈。

心情甚好的，她打開世界頻道。在論壇附議著叫囂著懸賞她的貞操和性命的畜生苦主正在世界頻道大鳴大放，內容就差不多論壇那樣。

更精彩的是，其他苦主紛紛加碼，讓賞格水漲船高。

【世界頻道】良箴：這單生意，我接了。

有幾秒鐘，世界頻道非常安靜，安靜到死寂。

就像是火山爆發前的寧靜，沒多久，整個世界頻道炸成一片。因為她拒密，從世界各地飛來無數白鴿，垂翼如齊天之雲。紙條堆在她腳邊，像是一堆小山。

……幹嘛這樣？這個賞金真的很吸引人欸！而且要殺的目標不用找，良心上也不會過意不去。

【世界頻道】良箴：我不是搗蛋啊！我很有誠意接這單生意的！但自己強暴自己有困難。先付訂金一半，我就跳崖自殺。到時候憑影片付剩下一半可好？

【世界頻道】一夜七次狼：良咸妳這臭婊子！妳真以為沒人殺得了妳？太囂張！

【世界頻道】良箴：狼先生，那個字念「珍」，不是念「鹹」。你國小有畢業嗎？

一夜七次狼回報她長達一頁的髒話，辭彙豐富，語氣激昂，間雜多國語言，非常令人嘆為觀止。

【世界頻道】良箴：狼先生，我不是質疑你，只是陳述事實。不然可以來演武場。

只是跟我PK是需要付錢的，每場五千，不打折，一口價。

她真心的將自己定位為「商人」，也覺得自己頗有職業道德。但她真不知道為什麼，她這樣誠懇、童叟無欺，卻讓狼先生和他愉快的夥伴們暴跳如雷，氣得一佛出世，二佛升天。

那天她只賺到五萬，十場以後，就沒人要上來找虐了，讓她覺得很遺憾。十場PK只花了她一個鐘頭，讓她說不出的悲傷。

社會黑暗沒前途了……現在的人都不動腦子，弄到全息遊戲也玩不好。也多支持幾分鐘……還有那種一分鐘不到就倒地的。

怎樣一群悲摧的孩子。

懷著沒賺夠錢的遺憾，良箴淡定的離開了演武場，照慣例走她曲折蜿蜒的出城道路，讓跟蹤她的仇家跌進水溝或掉下滿是鱷魚的護城河……畢竟她知道護城河底有哪幾塊石頭可以跳，那些倒楣孩子不知道。

有鑑於戈壁的大戰（已經成了新觀光景點），她甩掉追兵後，騎著金睛辟水獸，往陰山而去。

陰山有支叛變的殭尸氏族，雖然偉大的冥道主認為不過是疥癬之疾，無須在意……表面上啦，心底應該是非常糾結，所以才會發出數量驚人的殲滅任務，讓玩家幫他老人家洩恨。

陰山當然不是什麼風景優美的好地方，風不和日不麗。天空盤旋著詭異的紫，不管太陽還是月亮都是慘白慘白的，一片斷垣殘壁，樹都成精了，發出詭異的呻吟。又面對著修煉很低，爛鼻子沒下巴的醜殭尸……待久了真的會得憂鬱症。

但對我們敬業的商人良箴同學來說，這個等級偏高的陰山，卻符合她三合一的標準，風景問題，可以主動屏蔽。因為她注意的永遠是殭尸的肋骨（……）。

殭尸肋骨是製作高等武器的材料，只有大師級剝皮師（？）才拔得出來，三百隻殭尸能剝到一根就叫做人品爆發了。但我們良箴同學是誰？她是剝皮無數的專家級剝皮師！她的成功率當然比人高……完全拜她走到哪、剝到哪的好習慣所賜。

（妳是剝了多少皮啊良箴同學……）

正因為有動力，所以就算陰山殭尸的冰抗高，啃起來吃力，但要錢不要命的良箴同學基本是無視困難度的。

更何況，讓個小白殭尸撿了尾刀，她懷恨在心，又狠不下心殺非罪犯。只好非常阿Q的要求陰山殭尸們出來面對（？）。

而陰山的怪等級普遍比她高兩級，她的等級一直都高過普遍玩家，牢牢占據等級排行榜第一，可以說，這是個相對安全的賺錢地點。

但她太低估「人為財死」的鐵則了。

就在一個拐彎，她和一個血梟刺客狹道相逢。萬象手鐲原本顯示對方是白名，但瞬間就轉藍。這是接過追緝令任務的玩家。

良箴立刻一個瞬移（瞬間移動到十碼外），但這十碼的距離對刺客這種暗殺職業來說太短。

更糟糕的是，冰不住，鎖不了。她覺悟到，現在的殺手變聰明了，還知道要穿冰抗來殺她咧！

良箴跳進密密麻麻的殭尸堆裡，殺得非常激情的刺客先生也義無反顧的跟進去……發現腳下是一片泥淖（土系法術），而良箴短短的消失一下。

身為一個冰系道師，她的點數非常吃緊。她唯一投資的土系法術，就是出生就會的泥淖術。

於是，滿身冰抗的血梟刺客，陷在泥淖術中動彈不得，身邊塞滿同樣被困住的殭尸們。原本殭尸的目標是良箴，但因為她短短的消失了一下（雖然又被打到現形），失去目標的殭尸只好遷怒到刺客身上。

良箴跳出重圍，雖說道師的補血能力很虛弱，法術CD㊲又長，但要補滿自

㊲CD，cold down簡稱，意指技能或法術使用過後的冷卻時間，用以避免玩家連續施放強大技能，導致遊戲中強度失衡的設計。

己是沒有問題的。幸好她開了世界頻道，所以她看到被殭尸大卸八塊的血梟刺客滿懷怨恨的報座標。

私人發布的通緝令有個特點，接私人通緝令的殺手刺客，得花筆錢當押金。若是被通緝的人反過來殺了接下通緝令的殺手，不但可以得到賞金一半，同樣也得到刺客的押金。自動從金主的帳戶扣除……除非金主撤銷通緝令。

賺錢的時間到了。良箴想。不知道金主家底厚不厚，破產個一、兩次，應該就可以讓他們發通緝令時多考慮一下吧？

於是，她在陰山開始打游擊了。

就在她解決了幾個自不量力的小蝦米後，正與一個金光閃閃，瑞氣千條的殭尸戰士磨血，眼見就要成功時……

一顆破空呼嘯的子彈，打進殭尸戰士的眉心。

她的戰利品、她的賞金獎勵……就這麼和她擦身而過了。轉頭一看，又是那個拿槍的殭尸先生！

「你這撿尾刀的小白！」她悲涙了。

殭尸先生露出鱷魚笑（讓人冷到骨髓裡），扔給她一瓶金創藥……比上次的大瓶一點，可以補六十滴血。

此時的良箴雖然說血薄，但也有五千。這玩意兒她都直接賣商店，那個叫做杯水車薪……

「再這樣我對你不客氣了！」她整個大怒了。

沒想到殭尸先生卻對她提出組隊要求。良箴翻桌了。撿尾刀的傢伙還跟他組個屁隊?!

「拒絕我？」殭尸先生開口，意外的非常低沉磁性，「組隊妳還可以分一半。」

良箴淚流滿面、非常沒有骨氣的接受了組隊。

兩個白無常（？）掃蕩了整個陰山的所有殺手，讓這些躺下的倒楣鬼頓感世事如此無常。

一時之間，鬼哭狼嚎，世界頻道熱鬧得幾乎暴動，GM制止無效，只好勸玩家關閉世界頻道。

但良箴的心情很灰色、很鬱卒。

就算是血梟刺客發布了座標，趕來的人會有時間差，正是個個擊破的好時機。作為一個骨灰級的優秀玩家，獨自作業是絕對有把握的。

但這個放冷槍的死小白卻橫插一手，搶走她一半的利潤。良箴心痛如絞，無語淚凝。

雖然這位殭尸先生跑位淫蕩、出手毒辣，的確是個高手。但這位高竿的神槍手卻遠遠的遊走狙擊，在前面扛刀槍法術的依舊是柔弱的道師……

講白了還不是撿尾刀啊混帳！

直到組隊，她才發現這個死小白有個很黑的名字……叫做拾夜。

你想啊，十個晚上加在一起……還有別的能比這更黑暗嗎？良箴黯淡了。

再也沒有人來送死的時候，她悶悶的按下回城卷，一言不發的離開隊伍。沒想到拾夜的傳送點也設在這裡，讓她灰色的心情更黯淡無光。

他露出鱷魚笑（讓室溫非常舒爽的往陰風慘慘靠攏），閒然的倚在牆上，對她密語，「良家子，妳為何來地獄的底層？」

若不是密語，良箴還不知道是對她講話哩。嘖嘖，有認真讀過幾天書吧？一語雙關。

皺著眉，她很老實的回答，「因為超市抽獎抽到感應艙，還有一年免月費。本來想賣掉，但是去領獎就綁定我的身分證了。」

殭尸先生顯然被雷到了，好一會兒面無表情的呆滯。黯淡了大半個晚上的良箴不禁大樂。往往最雷人的，就是無奈又荒謬的事實。

不然她想玩的是曼珠沙華啊曼珠沙華！若不是華雪非常坑人的兩種感應艙不能互通，她就算縮衣節食也會擠出曼珠沙華的月卡！

只是地獄之歌也不錯啦……賺錢的快感。若不是手太滑……她也不至於玩成這樣啊……

瞥了一眼依舊在罵罵號的世界頻道，她鬱卒的說了聲，「晚安。」就默默下線了。

第二天她去圖書館找資料，掙扎了半天，還是上了論壇……再次欲哭無淚。

他們怎麼那麼喜歡錄影啊？動作還這麼快，才一個上午啊……蒼天啊！大地啊！五路神明啊……

群眾的力量是強大的。連她開過一次房間的悲摧對象都被挖出來，何況比她高調許多的拾夜？

她的花名冊孤零零的只有一個快槍俠，拾夜的花名冊啊，是那個滑鼠滾到手痠還沒個完……讓她更悲痛的是，她居然被列在花名冊最末……

屈原都沒她冤啊！

到最後已經徹底離題成為故事接龍，她都不知道自己和那個黑殭尸有這麼纏綿悱惻、生死兩難、晴天霹靂的愛情故事……

她很認真的考慮，是不是該離開這個「地獄的底層」。

良箴呢，說真話和那個世界的人都格格不入……講白點就是，她一整個是跑錯棚的。人家在那邊演「二十一世紀罪人懺情錄」，她卻上演「小白手滑記」，完全完全牛頭不對馬嘴……

管他強暴誰啊！關我屁事，又沒強暴我……真的不是正義魔人或新警察，我只是單純強迫症的手滑……

那天晚上，她就沒上地獄之歌了，睡得非常好。她甚至心情愉快的下載了一個鍵盤式免費網遊，覺得跟地獄之歌說掰掰也沒差。

但事情當然不是良箴這傻孩子想得這樣簡單。

她那終年不見人影的老爸，沒通知她，就把房子給賣了。讓她柔弱的心臟差點就罷工。她老爸甚至連電話通知一聲都沒有……只傳了一個簡單的簡訊。

「女兒，房子我賣了，快搬家。某月某日人家就要搬來了。」

讓她噴淚的是，時間很巧的正是後天。

雖然說家徒四壁，只有她幾件衣服和書，桌椅大概沒辦法搬……那書桌完全是靠牆壁支撐的，一離就垮。最大的行李，是她的感應艙。

她想盡辦法，還硬拖了兩天，才找到房子，搬到永和去。頂樓加蓋，夏天可以在房裡蒸蛋，冬天可以在亞熱帶享受北極的溫度。

但即使是這樣的住處，搬家和押金、房租，已經將她省吃儉用存下來的一點積蓄耗費殆盡。

她不得不在白天上了地獄之歌，拿遊戲幣換了新台幣，不然已經沒米下鍋。

人生，果然是由哽噎為最大組成成分！

於是，她悲淚的繼續地獄之行……玩遊戲的理由居然是這樣現實又悽愴，她想在自己的腳板上寫個「慘」字……

第四章

重回地獄之歌的良箴，擴大了業務範圍。

以前她相當低調（除了毫無辦法的手滑），頂多就是賣賣鑰匙和裝備、高等材料，現在卻接了不少「服務業」的委託。

別誤會，她和城裡那群賣身換鑰匙（或裝備）的女人不同，她接的主要是……帶副本。

地獄之歌的主線劇情有許多豪華精美的副本，這年代有許多地圖和座標雙重無能的可憐孩子，需要頭腦清晰、方向感良好的良箴出手拯救。但她不是大俠，而是窮困潦倒的悲劇大學生，所以每個人她都要收費……

那價格幾乎可以買把金鑰匙了。

第一次都沒有講價空間，回頭客看表現決定打折或漲價，一天只帶兩場副本，跟不到下回請早。

結果她這昂貴的導遊，行程表排得滿滿的，從月初排到月底。讓她詫異的是，當中有不少是等級漸漸追上她的練功狂或高手，她不懂他們跟來這種幼幼班幹嘛。

她這個跑錯棚的遲鈍兒，直到對方挫折的怒吼，「我想跟大神開房間啦！」良箴還傻傻的問，「大神？誰？」

等對方神經錯亂、淚流滿面的傾訴之後，她才恍然大悟，繼而惶恐……啊勒，什麼時候她升天了？怎麼沒人通知她？

這種醉翁之意不在酒的客人越來越多，她很鬱卒。幸好一天只帶兩班。

但她好不容易脫身，去練等打材料的時候，卻更鬱卒。她被黑殭尸盯上了，一整個欲哭無淚。

不管她躲在什麼奇怪偏僻的角落，拾夜都會虎視眈眈的蹲在她附近……等著捕尾刀。她不得不把他組起來，省得蒙受更大的損失。

「為什麼、為什麼、為什麼？」她真的要崩潰了，「跟著我做啥啊？做啥啊?!」

他很認真的考慮了幾分鐘，「我喜歡站在食物鏈的頂端。」

「啥？」良箴整個囧了。

「有妳在的地方，就有殺起來很痛快的罪犯，源源不絕。」他露出愉悅（又可怕）的鱷魚笑，「食物鏈的頂端。」

……為啥啊？為啥啊？升天就算了，現在怎麼變成誘餌啦？

良箴悲憤的抬頭，「我要收誘餌費！」

拾夜張大眼睛看她，臉孔抽搐了兩下。「……鑰匙都歸妳。」

她的心情立刻陰雨轉晴，趁勝追擊，「碎片也都歸我！」

「……都歸妳。」拾夜古怪的看她一眼，「我買了四百把金鑰匙，今年內大約都不需要。」

四百把！有錢人啊有錢人，那是最頂級的套房啊套房！聽說設備非常齊全（？），她還沒捨得進去看看呢！

……但是，四百把。就算送給女伴，也是兩百次。這一年都過了一半多了，嘖嘖……雖說全息遊戲不會精盡人亡，但刺激過度會不會反過來不行了呢……？

向來只有他驚嚇人，少有人驚嚇他的拾夜，因為良箴閃爍的眼神，略微膽寒的離她遠點。

絕對不能問，一定不會是啥好事。他上回看到這樣的眼神，還是同單位的女同事。開口就震住他……她問，「阿夜你老實說，你到底是攻還是受？」死都不能問。

「呃……」終於回神的良箴，輕咳一聲。不管怎麼說，黑殭尸先生意外的好說話。有便宜不占是王八蛋，尤其是黑殭尸的便宜。「這個……既然我們組隊了，拾夜先生，你也該貢獻一下勞力啊！不然蹲在那兒白賺經驗值……」

拾夜淡定了。他睥睨了良箴一眼，「子彈是要錢的。」

……你個有錢人跟我計較那幾毛子彈?!你都有錢買四百把金鑰匙了！一把金鑰匙就夠買最高級的子彈好幾百億發了！

幾乎暴走的良箴在心底虐殺黑殭尸幾十遍，最後在他心口釘木樁（小姐，那是對付吸血鬼的，妳又錯棚了），才勉強鎮靜下來，「……子彈我出。」

拾夜又露出令人膽寒的微笑，伸出兩根指頭，「加上兩手胖藍（最高等的補魔藥）。」

這次良箴在心底把木樁點上了火，在想像中讓黑殭尸cos了董卓，才勉強平心靜氣，「一口價！一瓶都不能多！」

「妳會覺得我這樣的勞工太物超所值，良心會不安的。」他扛起了槍。

跟拾夜共同出獵絕對是惡夢中的惡夢。

黑殭尸先生的協調性非常差，差到可以讓任何團隊列為最危險的黑名單。逼得良箴不得不反過來配合他……總有種捧著腦袋挑戰極限的絕命感。

譬如說現在，五十一級的黑殭尸先生，異常勇悍的利用地形和高低差，激怒密密麻麻看不到盡頭的陰山殭尸（等級六十到六十二），跟著狂奔的良箴（等級五十七冰系道師）得隨時視情況施展冰足術或泥淖術，省得跑慢一步的黑殭尸成了肉片。

等殭尸集中卡到小小的山拗處，良箴憋著一肚子氣跳到僅容一人的山岩上下冰雨和冰咆哮，咱們那個血量只剩下血皮的黑殭尸先生，倒掛金鉤——倒掛在山岩下，距離怒吼咆哮的陰山殭尸群只有一、兩尺的距離，瘋狂掃射對登高有困難、執著又愚魯的陰山殭尸。

這跟欺負喜憨兒有什麼不同？良箴真感慨。她都沒這麼陰險狡詐呢……NPC歸NPC，大家都生活在同個世界裡，何必這樣欺負人你說是不？

何況是調戲等級比你高快十級的怪啊？自殺也不帶這樣順手調戲大哥哥（？）的。

當然，兩個人比一個人打快得多，就算兩個人分贓，收入也比過往高30％。看起來似乎沒什麼好抱怨，黑殭尸先生是有點自戀，但並沒有誇大……

只是她的心臟被鍛鍊得有點心律不整。尤其是現在，黑殭尸又擦著她的臉開槍……打中她身後鬼鬼祟祟的罪犯。她真覺得黑殭尸手抖一下，她的腦袋就跟著開花。

眾所皆知，殭尸種族血厚防高，攻擊力又強。但有一好就沒兩好，殭尸的命中和智力，真是史無前例的低落……真要當弓箭手的，會去挑血梟，沒有哪個瘋子挑殭尸。

是的，地獄之歌什麼職業都有，事實上沒有「槍手」，只有「弓箭手」，畢竟這是款東方風的奇幻全息遊戲（雖然常讓良箴翻白眼，是誰設計這種衣不蔽體的港漫風）。

黑殭尸拿槍，用的還是弓箭手的招式。只是可以拿槍，卻不是適合拿槍。目前所有出的武器中，弓弩遠勝玩具似的槍，子彈也遠比箭枝昂貴。

至於拾夜的槍，是拿大錢砸製造槍（鐵匠生活技能），硬用加強卷軸加到十四的。但就算加到這種地步，也只比同等級的弓箭好一點點罷了。

算算那些屍骨成山的廢槍和花錢如流水的加強卷軸（又是商場販售指定……），良箴心痛不已的問過為什麼。

黑殭尸先生只瞥了她一眼，「良家子，又不是花妳的錢。」

「就算不是，我也心痛如絞。」良箴捧著心掉眼淚。

「妳別打扮成這樣掉眼淚……男人掉眼淚，娘斃了！」黑殭尸難得有機會講這麼長的句子，「沒為啥，習慣。」

良箴的眼淚更是不要錢的啪啦啦的掉……難得可以噁心到殭尸先生，機不可失。

翻了翻戰利品，良箴有些氣餒。現在的畜生刺客都學聰明了，來搞暗殺都穿垃圾來，她撿垃圾撿得非常煩悶，收支無法平衡。

「只能賣店裡了。」她鬱悶得想哭，「水錢都不夠啊，混帳……」

「我沒差。」黑殭尸淡淡的，「一向都是賣店的。」

有一會兒，良箴以為自己聽錯了。「……上回那把加十四屠龍刀……？」看到組隊頻道，那把可抵半年月卡的寶物被系統分配到拾夜的包包裡，她下線後咬著棉被不甘願了一個鐘頭。

「賣店了。」他語氣如此之淡定、肯定和寧定。

暴走的良箴，撲上去掐住他的脖子，很奇特的，這個什麼虧都不肯吃，行動語言陰氣逼人的神槍手，卻沒有抵抗的讓她撲倒了。

「你個敗家子!!」良箴怒吼，「你把價值好幾千新台幣的神兵利器倒店裡？

你不會給我喔？我還可以給你賣店價三倍！敗家子、敗家子！跟我混，混成這樣，傳出去能聽麼?!」

拾夜皮笑肉不笑的咧嘴，頗有鱷魚得逞的神韻，「賣妳的話，市價九折。」

掐著他的良箴氣得發抖，「為啥、為啥、為啥啊?!你寧願賣給NPC不賣給我？你這渾球！你用我的子彈、我的胖藍，偷吃我的飲料食物，敢嫌伙食差……居然還敢黑我！」

躺在地上的拾夜欣賞騎在他身上的俊俏「少年」，氣得滿臉通紅，掐人的手拚命發抖。「我說，七折也是可以的……」他聲音轉低，為了利潤捨生忘死的良箴非常大意的低頭傾聽。

「……良家子，遠之則怨，卻之不恭啊。」

她還沒意會過來，已經讓黑殭尸狼吻了。

總共近距離（的確超級近……）砸了他三發冰箭才虎口逃生，良箴慌得連劍都快拿不住。

但那個陰風慘慘的黑殭尸卻放聲大笑，可歡得不得了。

雖然沒有拆夥（是說也拆不了夥，損失太大），但良箴把拾夜當成世紀大痲瘋，距離十碼以上，靠近一點就會挨冰箭。

這有個不幸的危險。想要打中自己的隊友，就得下全面ＰＫ指令。若是忘記關上，在大範圍施放法術時，也會順便收拾了自己的隊友……譬如拾夜。

雖說出身於血厚防高的殭尸種族，但原本就引怪引到命懸一線的拾夜，不免誤中流彈，壯志未酬身先死了。

道師擁有ＣＤ時間非常長，長到二十四小時的復活術（……），還能把拾夜扶起來，但她也成了罪犯，名字真是異常鮮紅㊳。

「你把我殺了，我去蹲牢房吧。」良箴非常鬱悶，「總比被其他人殺了好。」

正在吃麵包補血的拾夜睨了她一眼，「把ＰＫ開關關到守護。」守護就是只對罪犯和追緝令殺手攻擊。

良箴悶悶的調了ＰＫ開關，拾夜把最後一口麵包扔進嘴裡，喚出他宛如放大扁蝨的飛行座騎「獰爪」（大約放大到十輪卡車的地步），在座騎上對良箴招手，「上來。」

良箴扁眼，惡聲惡氣的說，「小人近之不遜！」

拾夜似笑非笑的看著她（附帶專家級毛骨悚然），「是誰騎到我身上？」

「……」

「是誰因為投懷送抱導致誤殺了我？」

「……」

「現在又是誰，龜龜毛毛打算牽連我再死一次或好幾次？」

「……」

㊳網路遊戲大致通用的設定，中立或友好對象頭上名字顯示為綠色（或白、黃等其他顏色）。可擊殺的對象，頭上名字顯示為紅色，通常紅名的都是怪物。擊殺玩家會導致自己頭上名字變成紅色，這表示成為罪犯，NPC守衛見到會進行攻擊，而綠名玩家則對紅名者可能擁有第一擊的先制優勢。進行某些贖罪行為（如後文所示殺十個罪犯），或是等待持續時間過去，可使紅色名字恢復成原來顏色。

「上來。」

含著眼淚，良箴乖乖的自投狼窟。黑殭尸貌似忠良的輕輕抓著她的腰帶，好讓獰爪不把她摔出去，卻很不忠良的在她耳畔細語，非常低沉，「良家子，妳真不適合這個肉慾橫流的世界啊……」

「……我不是跟你說過，我只是跑錯棚啊！」她欲哭無淚，「我錯了，大哥，原諒我吧！」

「原諒妳。」他笑出一口白牙，從殭尸變身成大野狼，「當然。」

他這句話才說完，世界頻道就轟傳了「惡魔良箴」成為罪犯的消息。

……為啥啊？為啥啊?!她變成罪犯到現在五分鐘有沒有？他們在陰山最偏僻的地方啊，連鬼都看不到一隻何況玩家……

「是不是你……」良箴掙扎出口問道。

「是。」拾夜回答得非常乾脆，附帶北極風鱷魚笑，「這次來的，不會穿垃圾。記住，賣妳七折，現金交易，絕不賒欠。」

……她的裝備保不保得住還是兩說。這次來的不會只有罪犯，那清白的高手也會設法插一腳，想渾水摸魚。想想那可怕的人海戰術……他還想黑？

悲憤到最後，她也達觀了……幾乎到涅盤的境界。她心平氣和的討價還價，「不然這樣吧，託售。每件我抽你四成手續費就好。」

「託售一成。」

「三成半。不能更低了，當初我買那個鋪子幾乎破產啊！你要知道房租水電都是要錢的……」

「買的鋪子還有房租？罪惡之城幾時收水電費？一成半。」

「我上有老母、下有幼子……」

「……一成半。」

氣得發抖的良箴吼了，「我還要養一個很不要臉的隊友，子彈和胖藍都是我出的！」

難得的，拾夜露出冰點附近的「溫暖」笑意，很大方的讓步，「那就三成吧。」

勉強達成共識，拾夜也降落在落鳳峽的頂峰，山路狹窄，僅容一騎。事實上，這裡是不能飛上來的，除非接一個殲滅的連續任務。他們任務解是解到這個階段，但要繼續，就得飛行到落鳳峽的副本門口，並且組滿七人小隊才有希望推過，但能和他們等級相當、操作良好，又能耐煩解任務的隊友，實在很難找，就一直擱著。

背後是副本門口，前面僅容一騎的狹窄山路。拾夜將他的陰險詭譎發揮到極致……他甚至把良箴放在路口，自己躲到副本附近的岩石上，靠副本門口的光芒遮掩。

「你……」良箴不知道該哭還是該笑，「你又把我當誘餌!!」

「還沒習慣？」拾夜寧定的說，「白人妳不要管了，交給我。妳殺一人得殺十個罪犯才能漂白……別告訴我妳辦不到。等妳洗白了，衝進副本裡，知道嗎？」

「……那你呢？」良箴大驚。

「我自然有我的辦法。」拾夜獰笑，「良家子，別讓我覺得妳很關心我啊……當心連骨頭都剩不下來，我很會會錯意的。」

「誰……關心你啊?!」她怒吼了，並且砸出冰箭……如此自然而手滑的砸向第一個衝上來的罪犯，還是熟人，那個一夜七次狼。

這場戰役，當然又被全程攝影攝了下來。只是攝影師不是別人，正是非常陰森的拾夜，更沒良心的付費下載（！）。

被上個華麗標題「落鳳峽登陸」的戰役，因為剪輯的關係，真把良箴拍得勇猛過人，強悍無匹，那個天上天下，唯我獨尊……完全剪掉拾夜放冷槍的部分。

最後的結果雖然沒讓良箴噴掉任何裝備，甚至反過來大賺了一筆戰爭財……但拾夜慷慨赴義，因為殺了太多人而成為罪犯，噴掉身上所有裝備和錢財以外，還被逮到牢裡去蹲。

但殺了他的人也沒多高興，因為他身上只有垃圾、垃圾和垃圾，共得銅幣三十一枚。

在他赴死之前，先衝入副本和良箴會合，將他身上所有的東西都交易給良箴，才衝出去尋個痛快。

兩天牢獄之災，卻讓他們倆賺了大筆災難財，和良箴水漲船高的聲望。

這只代表我更像個靶子，誰都想憑空打個一靶。良箴含著眼淚想。早知道我就該跟這個比十個晚上加在一起更黑的殭尸拆夥的……

這日子真的有到頭的一天嗎……？

第五章

拾夜蹲了兩天牢獄，良箴卻覺得人生如此絕望。

因為拾夜為她死了，他非常大方自然的抓著這點恩情要求良箴不但要來探監，送飯送水，還得來陪他講話。

「……我跟你有什麼好講的？」良箴冒火了。

「妳要用開房間來抵債，我也只好笑納。」拾夜笑得非常可怕的回答。

「……大哥你想聊啥？天文地理、八荒九垓，你隨便挑，小可一定設法追隨你的話題……」

這個向來寡言的黑殭尸，繞著彎子想打聽她的基本資料，良箴真是使出渾身解數，盡全力防守，才沒落個全盤皆墨。

「妳還這麼小？」黑殭尸挑眉，「才大二？嘖嘖，大二的學生就來地獄的底層，這麼飢渴？」

「大叔，」良箴哭笑不得，「我已經說過了，我就是抽獎抽中……一整個跑錯棚。」

「我才剛三十，大叔啥？」黑殭尸淡定的說，「既來之則安之，該開的房間，還是要開。」

「……我不像大叔你這麼淡定。」良箴有些為難，「我看到自己的花名冊還是有恥感的。」

「反正妳已經在我花名冊裡了。」黑殭尸很感興趣的說，「我從來不擔虛名兒的。」

……我不是鐵達尼，沒有撞冰山的興趣。她承認就算跑錯棚也得入境隨俗，但她寧願隨機配對配個快槍俠，也不想跟個陰風陣陣的傢伙滾床單。

「可我們是朋友。」良箴絞盡腦汁，終於擠出個比較能被接受的理由，「我不跟朋友有不純潔的關係。」

「良家子，我跟妳怎麼會是朋友？」黑殭尸閒然的說，「妳就是個我壓榨兼調戲的對象。」

良箴將帶來的食盒砸在拾夜的臉上，一言不發的走出大牢，立刻把「拾夜」扔進黑名單中。

抹了抹臉，黑殭尸露出恐怖的笑意。

兩天後，拾夜出獄了。理所當然的，良箴沒有來接他。早跟她說過要來接的。這孩子不知死活……他默默的在萬象手鐲寫備忘錄。

正想提醒良箴後果會很嚴重時，有個意想不到的人來接他了。

一夜七次狼朝他打招呼，「拾夜，出獄了？」

他略微抬了抬眼皮，沒出聲。

「良箴……是你女人吧？」一夜七次狼笑笑，「能馴服這匹悍馬，你也算行了。現實見過面沒有？」

「沒。」他很簡短的回答。

「年齡？住址？沒視訊過？也沒照片？這樣你不怕……遇到恐龍？」

拾夜眼睛微偏的看他，「關你屁事？」

一夜七次狼寧定的說，「我對她有興趣。你只要能提供她現實的資料……哪怕是msn、e-mail都行。越詳盡價格越高……剩下你就不用管了。」

拾夜終於正眼看他了，「……這不是說話的地方。」

他往前走，一夜七次狼覺得有戲，興奮的跟在他後頭，一直到城西圍牆附近。

「這兒，程式有些錯誤。」拾夜開口了，「所以……城內卻視同城外。」

一夜七次狼用臉孔迎接了拾夜大口徑的手槍，整個轟爛了。

「良家子，會是我的女人。」他踢了踢地上不甘願的屍體，把裝備和錢扔到屍體上，「地獄的底層不消說，現實你也別想碰一碰。你敢的話……我會從地獄追去宰了你。」

他瞳孔緊縮，猙獰的笑著，「你最好相信，廢物。」

揚長而去，一面寫著信給良箴，「良家子，別賴掉我的裝備和錢。」

那個愛錢如命卻太有原則的良家子，會忿忿不平的找來，滿臉陰沉的將裝備和錢扔還給他。

這他太有把握了。

＊　＊　＊

每天拾夜上線，都會扔一句，「良家子，在哪？」

身為一個識時務並且敬業的奸商，都會帶著絕望的平靜，告知拾夜她的位置和座標。

沒辦法，雖說愛財如命，但取之有道。再說受人點滴之恩，必當湧泉以報。她這樣一個有原則、有職業道德的正直奸商，還是不得不承認，這個冷冰冰、陰慘慘的黑殭尸對她的生意和性命有偌大助益與恩情。

雖然知道他心懷不軌……但這裡是地獄的底層，心懷不軌才是正常的……她這樣一個良家子（她沒發現居然認同了拾夜的稱呼和定義），才是跑錯棚、心態不端正。

只是她很納悶，所有的女人都妖嬈蝕骨，身上的布料都極度節省，養眼又唾手可得……她這個跑錯棚的小鬼，從出城第一天到現在，還是穿著男裝，梳著長馬尾，偽裝成純正少年。能夠包住的地方全都包得緊緊的……黑殭尸到底看上她什麼？

黑殭尸很樂意為她解惑，「能跟上我的女人不多。」

……是指PK技巧嗎？「你不如我。」良箴很平靜的敘述事實，「你是高手，但我是高手中的高手。」

拾夜挑眉，濃重的黑眼圈顯得陰氣十足，「試試看？」

於是他們倆上演武台「試試看」了。

理論上，法系遇上遠距離弓箭手（別忘了拾夜真正的職業……）是很吃力的。因為所有的泥淖術和冰足等控制手段，遇到血與防都遠高過法系的弓箭手變得效果極微。一覽無遺的演武台又沒有可供利用的死角和高低差足以抵擋弓箭手，實際上非常不利。

但天天和拾夜組隊，她早就把弓箭手的伎倆都摸透了，敢跟他挑戰，自然也是有應對之道。

拾夜是真的很行，甚至手動校正到降低命中的問題。但殭尸天生的智缺，卻影響到魔力太少，而藥水有CD問題。

雖然理解得如此透澈，但這仗打得很艱辛。等良箴打敗了拾夜時，身上的血剩下六十八滴。可以說拾夜若多次暴擊，勝負就扭轉了。

「這是妳運氣好，良家子。」拾夜彎了嘴角，卻讓觀戰的人通通顫了一下。

「運氣也是勝利的一環。」心情大好的良箴給了拾夜一個飛吻，還帶侮辱性的「啾」，「勝利女神一定只對我微笑。」

「再來一場？」拾夜揚了揚手裡的槍。

「跟我PK是要錢的。」良箴氣定神閒，「第一場免費，之後每場五千萬。現金交易，概不賒欠。」

拾夜像是咳嗽一樣笑了起來，還挺讓人發寒的，「所以說，妳才配當我的女人。」

良箴整個人像是被雨打殘的花兒，枯萎下去，「……我能不能把這項殊榮讓給別人？」

「不行。」拾夜和藹得讓人毛骨悚然，「妳放心，我是紳士。我會用紳士的手段慢慢磨，不會霸王硬上弓的。」

……你紳士個屁。你這個黑殭尸，黑到不能再黑，黑到變態。

「事實上，我是個恐龍。」良箴嚴肅的說，「就是恐龍到找不到其他兼差，我才在地獄之歌拚命搶錢。」

拾夜瞥了她一眼，「我歷任女友中，體重最高記錄是一百零五公斤。妳破這記錄了嗎？」

良箴整個囧了，「……還沒。」

「我在現實生活中，身高就這麼高，一百七十公分。」拾夜咧嘴，「妳會覺得這樣算三等殘障？」

「當然不啊！」良箴嚷起來，「我才不是那種以貌取人的淺薄鬼……」

「我也這麼覺得。」拾夜泰然自若，「這身高是接吻最合適的身高，我以此為傲。」

……是說你這個自信心和狼子野心怎麼這麼囂張毫不掩飾啊？不對！我跟他

扯什麼扯？還越扯，方向越錯誤了！

「……總之，我不要當任何人的女人。」良箴趕緊聲明立場。

「那是妳的決心。」黑殭尸露出招牌鱷魚笑，「我有我的決心，這是兩回事。」

此後黑殭尸先生就不再談這件事情了，行動也沒什麼出奇的地方。該拿的子彈胖藍，該收的分成，該吃的伙食，一點折扣都不能講。

只有良箴抱怨他的消費太多時，他才會涼涼的說，「當我的女人，自然我就養妳。」

「……大哥你吃得一點也不多，子彈也耗得很省。胖藍嘛，我自己採草做不用本錢的，你儘管喝！……」

黑殭尸先生從來不跟她鬥嘴，只是帶著一種打量食物的眼神，從上而下，從下而上，讓她寒毛和冷汗齊發，臉孔與嘴唇共一色（慘白）。

這個精神壓力，真是大到難以想像啊……

她開始懷疑，自己其實就是個不幸的M。天天承受這種心理高壓，結果黑殭尸消失了兩、三天，她居然懷念起那陰風陣陣，充滿北極風味的笑容……

良箴明明是人魂，不是鳳族倒楣透頂的企鵝啊？

直到再次上線的黑殭尸帶了一票哭兮兮的新手朋友，瞧他們股慄、顫抖，被黑殭尸無良的欺負壓榨，她才平衡了些。

這世界充滿了M，尤其黑殭尸身邊特別多，並不是只有她一個。

她寧定了。

第六章

暴政其實是比較級。這是良箴新的體悟。

當你見到別人更慘、更無奈時，就會對原本的高壓知福感恩。（她還沒發現自己已經越來越像個M了……）

這五個據說是黑殭尸先生倒楣的同事，名字還被拾夜霸道的限定，種族和職業當然也沒得選……

她才知道黑殭尸先生有多麼強大的「帝王之氣」，施展在她身上的不過是九牛一毛，多麼值得感激涕零。

這五個倒楣鬼連姓都沒有，直接叫做「子、丑、寅、卯、辰」。

阿子：種族殭尸，職業狂鬥（血牛盾）。

阿丑：種族夢魅，職業癒師（補血的）。

阿寅：種族血梟，職業刺客（開寶箱、偷東西、打悶棍……兼潛行送死）

阿卯：種族人魂，職業火系道師（攻擊手，兼……OT救MT㊴）

阿辰：種族魍魎，職業邪術師（削弱混亂攻擊手，兼職……同上）

這樣豪華的新手團，看得出黑殭尸先生長遠的規劃。但在這樣無道德隨時會被打劫強暴的不法之地（是說五個男的……只是世事難預料），真的能夠生存下去嗎？

以前他們長大的時候還好，站在等級的尖端。現在可是出了不少緊追著他們等級的高手啊。

「所以要揠苗助長。」拾夜淡淡的，一一打量不斷發抖的「朋友」，「我們帶他們長到四十。」

「……不太好吧？」四十之前升級是很快，說真話也不怎麼麻煩，但重點不是這個，「我們結仇結到天不吐去了，帶了他們……豈不是告訴別人，他們是我們一夥兒的？」

阿丑嗚的一聲，掩面悲泣，「沒人這樣的啦！老大！我不要來地獄之歌！讓人知道我哪還交得到女朋友……」

「你個小受這輩子還想交女朋友？」黑心肝的拾夜泰然自若地打擊親朋，「你給我練！練不上來，以後有任何問題，都別問我。」他冷笑幾聲，讓溫度急速下降到絕對零度，「都聽到了？找你們來就是來分散仇恨的，不然我有時間帶你們幾個蠢貨？」

「就算是實話你也別說出來啊！」阿子抗議了。

「阿子，你是白癡。這麼說不就承認了嗎？」阿寅無奈的說。

「老大，咱們幹嘛不去曼珠沙華？」阿卯垮著臉，「那兒我還可以罩你……讓我家小眉知道我來這兒……她非罰我跪CPU不可！她老爸珍藏了469針腳的古董286CPU，跪起來很痛啊～」

㊴OT，over taunt簡稱，一說為over tank，線上遊戲術語。怪物的攻擊順序由對玩家的仇恨值決定，通常站在仇恨值頂端者為坦克，負責吸引怪物火力。而過度攻擊怪物（或因其他行為）造成仇恨值越過主坦，使怪物改變攻擊對象的行為，即為OT。MT，main tank的簡稱，譯為主坦，線上遊戲術語，意指主要吸引怪物攻擊火力者。

「……我勸你們……」阿辰沒把話說完，嘆了口氣。

果然，黑殭尸先生沒有虎軀一震，卻散發出無可比擬又陰風大作的王霸之氣，「我為了你們的破專案，熬了三天的夜。是不是以後都……」

「老大！」這五個發抖的倒楣鬼非常的異口同聲，「我們誓死效忠您！你讓我們上刀山，我們不敢下油鍋！」

……帝王攻。這絕對是帝王總攻啊！瞧那金光閃閃，瑞氣千條，橫掃千軍，一夫當關，萬夫莫敵的王者氣場！

良箴顫抖、股慄，非常膽寒。她這個跑錯棚的奸商，為什麼會惹上這麼一個站在食物鏈頂端的黑殭尸帝王？所有的罪犯加在一起也沒他可怕！

她悲淚、她懊悔、她感嘆。但不管怎麼悲淚、懊悔和感嘆，她還是硬著頭皮帶這幾個相依為命的倒楣孩子，在他們整齊劃一的喊大嫂時……不敢抵抗。

因為，在她抗議的時候，黑殭尸摸著下巴，「不給叫？我覺得託售的成數三成太高了……改一成吧。」

「你不要太過分了！」要錢不要命的良箴暴跳，「給你多少你就乖乖收！不要這樣出爾反爾的……」

「我直接賣商店。」黑殭尸非常之安閒的回答。

正中要害。

「……名字不過是個符號，愛怎麼叫就怎麼叫吧。」良箴非常誠懇的見風轉舵，「託售還是三成？」

「三成半。」黑殭尸露出極恐怖的慘然微笑，「要養的孩子多了，補貼妳一點，算為夫的心意。」

……為夫你的頭啦！多個半成而已你要我養這五個嗷嗷待哺的新手……而且老娘還是荳蔻少女，幾時倒楣到有這麼老的小孩？

但她很沒骨氣的只敢強烈悲淚，卻沒膽子抗議。

這悲摧的M人生……怎麼這麼漫長淒涼……？

＊　＊　＊

在這樣發達的網路世界，其實沒有真正的祕密。

所以，拾夜很早就知道了良箴的資料。說穿了其實很簡單。其他人之所以不能如法炮製，是除了拾夜，良箴從來未曾提及現實的任何事情。

她說，她的感應艙是超市抽獎而來，而所有的獲獎名單都會在網路上公布姓名，這樣的大獎也沒幾家提供。她說她是大二的學生，而她期中考沒辦法上線的日子，也只有幾家大學重疊。

她很具商業嗅覺，總是提前修正鋪子的商品種類和服務項目，但她遺憾的說過自己學的不是金融經濟，所以只能獲蠅頭小利，不能真正成為巨商。但她也說過自己缺乏數字的敏感，對數學很頭疼，所以可以排除所有理工、金融學系。

但她的英文很破，所以範圍又可以更縮小了。

最後交叉搜尋比對的結果，拾夜確定，地獄之歌的女戰神、畜生殺手，是淡水一家私立大學中文系的二年級學生，梁誠。

原來如此。箴有規勸、勸誡的意思，所以她會取這樣的網路ＩＤ。他甚至公器私用的調閱了衛星照片，取得了良箴的影像。

……坦白說，若生在唐朝，絕對是楊貴妃的勁敵，李白甚至會為她寫詩。可惜她晚生了幾千年……唐朝的美女，在現代那真是……虎落平陽、龍困淺灘，只能直呼社會不公。

拾夜麼？他認為所有的女人都是線條柔和的美麗生物。所以他的女友群才會廣闊到從一百零五公斤到四十五公斤不等，符合古今中外各朝代的審美觀……卻未必是現代的審美標準。

拾夜對外貌有著非常寬闊的要求，卻對個性極度嚴苛。他歷任的女友們，無一例外是自尊甚高，心性堅強，個性驕傲的人物，簡單說就是一整個女王。

但黑殭尸帝王和女王（不管是哪一種），大部分都是分手收場，偶爾還要搞個兩敗俱傷（通常倒楣的是女王），他後來覺得很厭倦，才會乾脆到地獄之歌醉生夢死，大家省事省麻煩。

直到他遇上了良家子。

貌似膽小怯懦，事實上並不怕他的良家子。既不是女王，也不是平民。不統治任何人，但也不讓任何人統治。

若不是掐著她賴以維生的經濟命脈，這個狡猾的良家子，一定會設法逃脫，真真滑不溜手。

她是，獨行在這罪惡世界的遊俠。超脫於善惡之外，隨心所欲不被拘束的風。

這真的太有趣了。更有趣的是，良家子因為考試一個禮拜沒上，他發現自己非常煩躁，不但將子丑寅卯辰整了個脫皮，現實生活中的部門內所有部屬同事，都讓他磨得雞飛狗跳，痛不欲生。

太有意思了。

他甚至開車去良箴的租屋處樓下守株待兔，親眼瞧著那個唐朝般的少女打著呵欠，背著一個紅書包，走出公寓大門。怕熱的她穿著細肩帶、牛仔褲，肩頭和臂膀都渾圓，像是剛出爐的黑糖饅頭，很逗人咬一口。

他承認，這樣很像變態，遠遠的窺伺。不過知己知彼，百戰百勝，他總得先確定一下自己想怎麼辦，對那個什麼一夜七次狼說的話，到底是隨口胡扯，還是早已下意識的做了決斷。

應該是後者。他發動車子，心滿意足的離開。他想吃，很想吃掉這個唐朝來的黑糖饅頭，不是只有虛擬吞下腹而已。

你知道的，要找到一個身與心、現實和虛擬都能引起食慾的女人，實在是很困難的事情。錯過這個村就沒這個店了，趁還沒有人發覺黑糖饅頭甜蜜的香氣之前，趕緊吃到肚子裡比較安全。

等她學會化妝和打扮就太遲了。他也不喜歡黑糖饅頭偽裝成蛋糕，上面畫些亂七八糟、膩口又沒營養的糖霜。

考完期中考的良箴回到地獄之歌搶錢，有些毛骨悚然。

剛照面，黑殭尸帝王用更可怕的眼神打量她，發出低沉的呵呵。「良家子，有人說過妳發出黑糖饅頭的味道嗎？」

……地獄之歌的確有嗅覺，大部分的女性玩家都喜歡撒香水（商城販賣限定……非常貴），但她這麼個跑錯棚又窮困潦倒（！）的小白，怎麼會有錢撒到那種奢侈品……

更何況，沒有任何香水是黑糖饅頭口味。

「你餓了？」絞盡腦汁的良箴終於擠出答案，黑殭尸先生都不準備食物的……雖然殭尸種族技能可以「食屍」，但你想黑殭尸帝王會去啃地上的屍體嗎？他向來都是吃良箴包包裡的食物。

良箴掏出一塊黑糖麵包，「雖然不是黑糖饅頭，就將就一下……」

黑殭尸先生一口吞掉黑糖麵包……甚至在她的掌心舔了一下。

這個區域，湧現了一朵驚人的蕈狀雲。

系統公告：玩家良箴因為機緣巧合，破開生死迷關，頓悟了絕學「冰魂雪魄」！

就在世界頻道熱鬧無比的猜測絕學是蝦米，冰魂雪魄的威力有多大時……作為有幸親自第一個體驗的拾夜……趴在陷地三尺的大坑底，成了個極具後現代藝術感的冰雕，動彈不得。

不愧是他挑上的女人。果然夠帶勁兒。

一個優秀的畜生殺手，一定會堅定的把自己的PK開關指向「守護」，不會蠢到讓任何人將自己騙成紅名罪犯的。

非常敬業的良箴與食物鏈頂端的拾夜，自然也是如此。

所以，被CD長達四十八小時的絕學「冰魂雪魄」打個正著的拾夜並沒有死亡，只是被打進坑裡凍成冰棒而已。

那五個在旁邊看得失控狂笑的地支新手，也只是用臉龐迎接了黑殭尸帝王的子彈，臉孔冒煙的在地板抽搐，也沒死掉。可喜可賀，可喜可賀。（但痛感回饋已經關到最低，還是非常痛、無敵痛……）

「記住，」黑殭尸冷冷的說，「自我控制很重要。不該笑的場合……後果很嚴重。」

恢復理智的良箴，膽寒的後退一步，擺出戰鬥預備姿勢。

不知道黑殭尸先生會怎麼對她……所謂明槍易躲、暗箭難防。但她也不打算連明槍都沒躲過……

不過看這五個抽搐的倒楣鬼，她的臉孔也控制不住的抽搐兩下。

「哪，」黑殭尸先生非常和藹可親的露出改良版鱷魚笑，「這麼久沒見面，一見面就這麼熱情？」

……啥？

「不回答就是承認了。我懂，妳害羞。」黑殭尸擺了擺手，「妳一定能體諒我只是情不自禁。」

……欸？

「你們還要躺多久？」黑殭尸偏眼看著還在地上裝死的親朋，「今天進度沒達成……」他冷笑兩聲。

冒煙並且抽搐的五個人，立刻跳了起來，奪門而出，要多快有多快。

「走吧。」拾夜心情愉快的喚出獰爪，「上來。」

還在琢磨他真正用意的良箴，渾渾噩噩的上去，「……你不打算報復我？」她脫口而出。

拾夜用一陣壓低如咳嗽的笑回答她，「難道……娘子很期待為夫的『報復』？」

「沒有沒有！我知道大哥您最心胸寬大……」良箴趕緊擺手……欸？等等，

那個「娘子」……是、誰、啊？

「妳都讓人叫那麼久的『大嫂』……還不肯正名？」拾夜高壓的睥睨她，

「我最討厭言而無信的人了。當然跟這種人也沒什麼生意好做……」

「……名字只是個符號，大哥您愛怎麼叫就怎麼叫。」良箴非常願意為五斗米折腰，何況這不知道是五斗米的多少倍。

心情非常晴朗的拾夜，當場就「加薪」了。原本的三成半委託費變成四成，而且他出撫養費。

「養家活口，是男人的義務。」他微笑，露出整齊（並且尖銳）的白牙，讓陽光一照，閃過發出「錚」一聲的燦爛。

難得他笑得這樣璀璨，良箴好一會兒沒聽懂他說啥，讓他那黑暗帝王的魅力和風采短短的震懾住了，心跳不由自主的蹦蹦加速……但拾夜發出來的強大黑暗氣場，讓她在心悸之餘，嬌弱的膽子也跟著顫抖起來，幾乎膽落。

這該叫做驚豔呢，還是驚悚？或者兩者都有？良箴的感覺非常複雜。

「良家子，妳看我看呆了呢……」他靠近良箴的耳邊，用氣音低訴。

她腳一滑，差點從一千碼的高空跌下來成團肉餅。

拾夜姿勢非常帥的駕著獰爪攔截到一失足的良箴。被他攬進懷裡的良箴非常反射的摀住自己的嘴……只能說她的反應已成戰鬥本能，能夠預先解讀敵手的所有預動。

失去目標的黑殭尸，不滿的咬了她的上臂。除了隔了太多層的衣服讓他很不滿意，最少在虛擬暫時的滿足了他吃黑糖饅頭的慾望。

他應該高興，因為絕學的CD太長，所以沒挨「冰魂雪魄」。不過即使在「守護」模式下，超近距離的淋冰雨，也不是太好受的滋味。

第七章

良箴的心情，真的只能用非常複雜來形容。

其實，作為一個少有的女性骨灰級網路高手，她知道許多種逃避或者終止這種曖昧的方法，每一種都很有效。

但她一樣都沒有採取。說不定，她比想像中還喜歡拾夜……和他那群愉快的夥伴們。

直率衝動的阿子，和比阿子還衝動的癒師阿丑（然後被拾夜罵哭）。老是忘記隱身就去打悶棍，反被怪虐死的阿寅，站在那兒不用動就可以OT仆街的阿卯。沉默寡言，但在下負面狀態和腹黑時帶著斯文（又可怕）微笑的阿辰……

他們跟良箴一樣，都是跑錯棚的羞澀少年（？）。甚至不喜歡罪惡之城，反而把點記在悲泣森林的小村莊。非常專注的磨練自己的能耐，才四十級就能組隊擊殺等級高過他們許多的「大人」。

和他們一起出副本，可能經驗值很少，寶物也不多。但，很開心，非常開心。真正的享受遊戲的快樂，和相聚一刻的樂趣。

她都快遺忘這種感覺了。為了求生存，為了錢，她勞累很久，都快忘記玩遊戲的愉悅了。

當然，還有拾夜，特別是拾夜吧……

常常被他驚嚇，甚至提升到驚悚的程度。但她，為什麼不逃開呢？真要逃開不是沒有辦法的吧？拾夜對地獄之歌心不在焉，不怎麼注意攻略和資料。

良箴已經滿六十級了，之前蒐集了很多提升妖界友好度的道具，現在她已經足以前進妖界，若歸化到哪一國，就可以離開地獄之歌，轉遊戲到曼珠沙華去。

不說月費降低許多，沒有她現實資料的拾夜，也永遠找不到她了。為什麼她不這麼做呢？她，不想明白。

但拾夜的表現卻越來越明顯，她心底的那點內疚，也漸漸擴大。

這是不公平的。明明沒有什麼東西給人，卻為了自己的私心，將人吊在那兒不上不下，這樣是不對的。

說到底，或許一開始是無奈，但到最後，她的確就是個悲摧的M，對這黑殭尸帝王總攻……非常傾倒。被他青睞，就算只是戲耍似的調戲，也受寵若驚。

（就是驚嚇過度才會領悟絕學……）

但這真的不對。

終於，在拾夜也上了六十級的時候，她約拾夜去落鳳峽峰頂談談。

「那五個阿呆要再三級才五十，方可跟我們進落鳳峽副本。」拾夜說。

良箴沒有說話，只是望著半天霞紅若火焚。天空深紫得如此深邃，頹廢哀美的冥道黃昏，罪惡而美麗。

「……我八歲開始玩網路遊戲，至今快十三年。」良箴終於開口了，「小的時候是因為，母親要工作才能養活我，我家連第四台的錢都出不起，只有大樓附在電費裡的光纖網路。玩網遊我就會乖乖待在家裡……每個人都會有種特殊才藝，只是有沒有發現而已。

我的特殊才藝，大概就是網路遊戲。我真的很行，真的。國中的時候，我母親過世了。我居然靠網遊能夠打理自己的學費和生活費，可見我有多行了。」

背對著拾夜，良箴勉強對自己笑笑，「我是個很幸運的人。最狂飆的青春期，那樣的寂寞和孤獨，居然沒遇到什麼壞人。但在我身邊的人，卻都很倒楣。用她們不幸的遭遇，告訴我……網路是多麼危險，和懼怕寂寞的代價……多麼慘烈昂貴。

我愚蠢過，但遇到的都只是跟我相同寂寞的人……並不是什麼壞蛋。但他們也教會了我幾件很重要的事情……那就是，網路愛情是屬於俊男美女的遊戲，而就算長得極好，這遊戲的終點總是通往『Game Over』。長得不好呢，連跨進門檻的機會也沒有……若想保有自己崇高的自尊，就不要去碰這種遊戲。

拾夜，你或許覺得，這只是個遊戲，不過是隨口說說。但我從來不覺得……感情這件事情可以當作遊戲看待。我跟你們一起冒險，真的覺得很開心。請你不要考驗我……因為我真的很珍視你們。」

沒有打斷她的拾夜，這時候才用低沉而有些陰冷的語氣輕輕的問，「說完了？」

「……嗯。」

拾夜拉著她的手臂，逼她轉過去面對，他帶著鱷魚似的獰笑，「讓我猜猜，若是妳這長篇大論沒說服我，妳大約就準備狠心跟我開次房間，滿足我的狼子野心……好讓我棄妳而去，是不是啊？」

良箴緩緩的張大眼睛，瞬間進入了驚恐又驚悚的境界。他怎麼會知道的啊？

「或者妳不打算等我棄妳而去，就準備溜了，是不是啊？我猜猜，曼珠沙華？」他的獰笑更陰風慘慘了。

良箴的額角緩緩滴下冷汗。難道黑殭尸先生附帶他心通的絕學?!

「那好。」他逼近良箴的耳邊，低聲的說，「妳怎麼不試試看？滿足我的狼子野心吧。說不定……妳就自由了呢。」

良箴心底一沉。終究……還是這樣嗎？她真是愚蠢啊……十幾年看過多少虛擬的悲歡離合，終究還是走入最老套的死胡同嗎？

「……我現實不是美人唷。」良箴淡漠的說，「雖然機率很低，希望若在現實不期而遇，你也能保持堅強的心理素質。」

「來啊，良家子。」拾夜將一把金鑰匙塞在她的掌心，笑得越發邪惡，「滿足我吧。」

她吐出一口長氣，接受了黑殭屍先生的邀請。

所謂的金鑰匙，開啟的卻不是豪華套房而已。而是一個嬌小的海島，雪白的沙灘，靜謐的小木屋，藍天白雲，海鳥高唱，柔軟的浪親吻沙灘，岸邊長著椰子樹和木麻黃。完全不像是頹廢若末世的冥道該有的安詳。

至於拾夜……可以說，完全超越良箴的想像。

那是……惡夢。綺麗至極，又非常激越的惡夢。足以沉溺到耽溺的程度，願意就此死去不復清醒的惡夢。足以把人活活溺死的……綺麗惡夢。

她總算有些明白，和阿子他們閒聊時，他們偷偷說起拾夜，總是帶著畏懼又無奈的崇拜。他們說，雖然老大身高剛滿一百七，表情行動陰沉得像是神經病，但已經臨幸（?!）滿了十二星座的女人。

海洛因似的男人……真可怕。

但她後來才知道，這不是拾夜最可怕的地方。

之後，拾夜把她裹在被單裡，抱去屋頂看海。潮聲細細，一輪明月讓海浪捧出，乾淨得宛如剛出生。

拾夜把她抱在膝蓋上，擁著她凝視月下的海。

「別掙扎。」拾夜原本陰沉的嗓音，此刻滑潤如黑絲絨，「我不會對妳怎樣的……現在不會。我想疼愛妳……像父親、兄長。」

良箴僵住了。她拚命睜大眼睛，怕一眨眼，淚就隨之而下。

「很辛苦吧？一個人掙扎著求生存。很累，很想休息，嗯？」拾夜湊在她耳邊低語，「沒辦法抗拒，對吧？這樣如父如兄的疼愛與擁抱……妳渴望很久了，嗯？」

她終於流淚了。「……拾夜，你太過分了。」

陰險狡詐就算了，居然對被害者光明正大的說出來，真是太變態了！

拾夜沒有正面回答她，只是發出如咳嗽般咯咯的笑，「就算明知道是深淵，良家子……妳還是得跳下來。沒錯，我是故意的。我會一點一點的腐蝕妳，粉碎妳的心防。因為我知道……妳最渴望的是什麼。妳無法拒絕也不能推開，就算知道最後會有多淒慘，也逃不掉。

因為，妳喜歡我，受我吸引。我不放手，妳就逃不了。我會一點一點的侵蝕妳……從裡到外。

「你明明說……」明明說會放我自由的。

「我說，『良家子，滿足我吧。』。」他輕柔的摸著良箴的頭，「妳滿足我了嗎？」

……咋他的甜言蜜語聽起來還是充滿變態的味道？

「你到底想怎樣啊？」良箴的聲音顫抖了。

「現在？現在不怎麼樣。」他摟著良箴，「現在就想這樣靜靜坐著，和妳一起看著月下的海。」

這是一個太可怕的人。良箴想。她真該逃得遠遠的，或者立刻下線。

但她什麼都沒有做。只是靜靜的流淚，靠在拾夜的懷裡，哭了很久很久。從母親的喪禮之後，她一直都是一個人。想盡辦法生存，設法保護自己，照顧自己，不被寂寞和這冷漠的社會吞噬。

她的確很累很累了。

「良家子，妳是我的。」拾夜很輕很滿意的說，「妳不適合這個世界，但妳適合我。」

她糾結而悲淚了。一整個覺得自己被烙了無形的火紋，標示為「黑殭尸所有」……真的淪落到變成悲摧的M，還是黑殭尸帝王的M。

怎樣無盡悲淚的倒楣人生啊……為什麼會變成這樣？為什麼？

等她被高壓蠻橫的黑殭尸押去結婚的時候，她實在不想說「我願意」，但帝王攻橫了她一眼，「想始亂終棄？」

她發誓，當時拾夜的眼睛底藏著十八層地獄，嚇得她馬上說「我願意」。

參與婚禮的五個地支戰隊，非常同情，表情肅穆，像是參加喪禮。最後他們的賀禮，是地獄之歌剛添的新功能：線上觀賞ＤＶＤ。

那是兩部片子。一部是老片子「斷頭谷」，一部是老動畫「死亡筆記本」。

本來莫名其妙，等她看完了，阿丑才偷偷告訴她，現實的拾夜頗有那個斷頭騎士和L的風采。

……雖然是虛擬的丈夫，但長得像是恐怖片主角和詭異配角的總和，實在是一件……非常特別的事情。

她很糾結。

第八章

在地獄之歌滿一年，把免費月卡的額度用盡前，拾夜和良箴雙雙封頂，地支戰隊也都快了。其實應該到此為止，但拾夜取得了良箴的帳密，非常自然的幫她再續了一年的月費。

事實上，是阿丑哭著來問的。他說，若問不出來，拾夜會把他大卸八塊，順便搞砸他正在做的專案。

良箴一整個啞口無言。這段時間，她和阿丑這個天然誘受（？）建立起姊妹（！）般的友情……而且她也越來越明白拾夜「一言既出、駟馬難追」的堅定性和變態性。

「……你們，是吃公家飯的吧？」良箴含蓄的問。

問到帳密的阿丑臉色大變，「欸？不不不，我什麼也沒說……」就落荒而逃。

她就知道這沒路用的小受（其實他不是……），對帝王總攻是瞞不住任何事情的。

拾夜陰氣逼人的問（附帶鬼火效果），「是哪個白癡透露的？我親自斬首。」

「……沒有。」良箴安撫著刺激過度的雞皮疙瘩，「我以前認識一個寫病毒很厲害的人，他被抓去軍方任職。你們給我的感覺，和他很像……」

「哦？」拾夜的陰風颳得比較小了，「良家子，很敏銳嘛。既然知道了……妳只好加入軍眷的行列了。」

……什麼軍眷？我只是在地獄之歌跟你結婚，現實連電話都沒通過呢。你也想得太遠了吧？

不過她很聰明的沒說出口。沉默是金、沉默是金。

「不過……那個寫病毒的傢伙，該不會是妳以前網遊的公吧？」拾夜微微偏著眼睛看她，聲音和藹可親……卻飽含著強烈的威脅。

良箴立刻舉雙手投降，「不不不，我從來沒在網遊裡找過任何公！」之前是年紀太小，之後則是為了生活非常操勞，哪有那種美國時間。

拾夜的心情突然豔陽高照，燦爛一笑，讓人驚豔得極度驚悚，「以後委託費就免了，賣多少都算妳的。那五個笨蛋打到的鑰匙、碎片、材料，也都是妳的了。」

……欸？

「養活老婆是我應盡的義務。」他笑得更燦爛（當然也更驚悚）。

但他們五個沒有義務養我吧?!

「他們的專案都靠我過關。」拾夜冷笑兩聲，「既然是軍眷，又是他們大嫂，幫著養也是應該的。」

……為什麼你壓榨自己的親朋同事這樣毫無障礙，一點心理負擔都沒有呢？

但想想自己的軟弱……良箴不禁嘆息。她似乎能夠明白這些倒楣孩子無法抵抗的心情。

明明怕拾夜怕得小腿抽筋，但又很信賴、臣服。被他收納在羽翼之下，覺得非常安全，被深深的保護。

拾夜對她，真的很好。真如他說過的一樣，一點一點的侵蝕。完全明白她的弱點和渴望，如父如兄般的照顧愛護。封頂的人越來越多，頓悟絕學的也漸漸普遍。以前能夠靠等級差拉開距離，好好的保護自己，這個優勢卻漸漸消失。

封頂後靠著金錢砸出來的裝備，使得那些畜生更有恃無恐，應付起來越來越吃力。以前一個人可以橫掃千軍萬馬的強勢一去不回了。

拾夜會拉人進來地獄之歌的策略，無疑非常有效而應對正確。若是良箴自己有能力，也會提出相同的方案。只是她獨行習慣了。

原來，很早以前，拾夜就已經替她想好了封頂後該怎麼辦。於是親手打造了這支完整而堅強的隊伍，在屢次血戰中，宛如鋒利的鋼刀，撕開徒有裝備和數量的敵人。

很陌生的感覺。被保護、寵愛，不用自己去面對艱困和危險。

她覺得自己完蛋了。沉溺並且被侵蝕，心防早已粉碎。唯一能夠堅持的最後防線，只是避免現實的任何接觸。

「給我電話號碼。」拾夜擁著她，在耳邊低語。

「……不要。」她也就剩這點清醒了。

「哼哼哼……」拾夜用牙輕輕磨著她的臉龐，「良家子，妳能堅持多久呢？」

「能多久，就多久。」

拾夜卻不曾逼過她。其實這是最恐怖的地方。什麼都明明白白的告訴她，也非常清楚良箴的底線和能多逼近底線。

「妳喜歡穿制服的人，對吧？」拾夜用惡魔似的聲音誘哄，「是的，妳說過。我的官階……是上校。妳不想看我穿軍服嗎？」

「……不想。」

「良家子，妳連騙人都不會。」拾夜輕輕的笑，陰森森的，「沒關係，我很有耐性。」

……請你把耐性用在別的地方吧！良箴很想這樣大喊。

可是黑殭尸先生正在用她的頸動脈磨牙，她非常怕被他就地正法。

怎麼會怕得小腿抽筋又這麼喜歡他……真的有這種愛情嗎？還是近朱者赤、近墨者黑？

她真的越來越像變態了……

＊　＊　＊

上了大三，存在感一直很薄弱的良箴，突然被教《楚辭》的教授發現了，還意外得到一個打工機會。

良箴其實是個頗偏才的孩子。她會去念中文系，就是對這些故紙堆的東西有很深的興趣。當然，她也想過，將來若不想過得太辛苦，還是念個經濟、金融比較好……只是她很早就領悟到，能真心研究自己喜愛的學問，也就只有這四年而已。

所以她難得的放縱自己，任性的選了私立大學的中文系。大部分的時候她都很開心……但她討厭的科目未免也太多。譬如聲韻、訓詁，或者什麼版本不版本的。

她願意花好幾個禮拜背下整本《詩經》，卻只願意考試前熬一整晚背聲韻，考完就還給老師。

所以她的成績一直都不算太好，但也不是最差的，外貌又是最普通那種。這樣的孩子，就成了教授眼中的隱形人。

但上了大三，她馬上愛上《楚辭》，報告寫得超認真，特別喜歡〈大司命〉和〈少司命〉。不但非常詳盡的解析，找了好多資料，甚至觸發了靈感，用這兩篇衍生了兩部短篇小說。

但在交報告的時候，她不小心把這兩篇小說也一起附檔寄給教授了。

教授看到她誤寄的小說，啞然失笑。〈大司命〉理解得還好，〈少司命〉理解得真是荒腔走板。硬把司生育的女神少司命，解成一個任性、心機深沉，愛欺負人又霸道跋扈的美少年。

文筆生澀，但寫得煞有其事，纖巧動人。

愛才的教授將她叫了來，這個圓臉的女學生居然漲得滿臉通紅，小聲的說是瞎寫的。他笑著鼓勵了她幾句，又聊了一會兒，覺得她雖然異想天開，但也頗有自己的想法，用功的念了不少書。

剛好研究室裡少個工讀生，他就順口問了。於是，良箴居然獲得了這個打工的機會。

……但那篇〈少司命〉的衍生小說，是照著黑殭尸帝王攻的形象寫的。因為這篇誤寄的小說得到打工機會，這……

她有些無力的扶牆出了辦公室。

不過，她還是非常開心。雖然工讀生的薪水不多，但她這樣習慣於節省的人，也就夠生活費了。研究室的藏書頗豐，她省了許多買書的錢，教授對她又好，願意額外指導她，讓她非常高興。

更重要的是，她不用在地獄之歌那樣賣命的搶錢了。終於能鬆口氣，好好享受遊戲的樂趣。

但拾夜卻非常不開心。因為良箴整天把教授掛在嘴上（其實也就兩、三天提一次），讓他有了強烈的危機感。

雖然知道那個教授年過五十了，但男人從五歲到九十五歲都是不可信賴的。

「月底，我們要北上一趟。」拾夜淡淡的說，「見個面吧。」

「……欸?!」良箴手裡的法劍掉在地上，「為啥、為啥、為啥啊？」我們連電話號碼都沒交換過不是嗎？

「我跟阿子他們要北上開會。」拾夜獰笑，「妳可以選擇跟我們一起吃個飯……」他湊到良箴的耳邊低語，「或者我單獨去吃妳也行。」

……集體活動見光死比較沒那麼傷自尊吧？至於拾夜的後一句，她就當作沒聽到……雖然小腿肚抖個沒完。

「可我在淡水。」良箴做垂死的掙扎，「離台北很遠……」

「一點都不遠，相信我。」他的獰笑更深，像是剛吃過飯的鱷魚。

這下子，她全身都抖個沒完了。

到底想不想見光死，她心底很複雜，很矛盾。見光死有好處，從此再也不用讓拾夜嚴重考驗心臟強度，也不會老讓他驚嚇，更不會讓他老拿來磨牙。

但、但是……她必須氣餒的承認，她一點都不想見光死。至於理由，她既不敢想，也不敢深究。

那幾天她憂鬱極了，動不動就無緣無故的哭。上地獄之歌還得強顏歡笑，苦不堪言。阿子他們倒是很興奮，尤其是阿丑，抓著她聒啦啦的喊著要吃阿給、要搭渡船、泡溫泉……

「溫泉在北投……」她無精打采的回答，被一聲巨響嚇得跳起來，以為被畜生軍團突襲了。

拾夜的大口徑手槍冒著冉冉的煙，臉孔炸得半焦的阿丑倒在地上抽搐。

阿辰嘆口氣，「你怎麼學不乖……大嫂的胳臂是你抱的嗎？」

「對、對不起。」阿丑翻了白眼昏過去了。

……見光死好像也不是什麼壞事啊真的。良箴默默的想著。

臨到那天傍晚，良箴發現她根本沒什麼衣服好選……她快兩年沒買新衣服了。只好穿著洗得發白的細肩帶運動上衣，和同樣洗得發白的牛仔褲，套上球鞋，就從學校步行到漁人碼頭。

他們約在漁人碼頭一家頗有名氣的海鮮餐廳，她忍痛領了五千塊出來，不知道夠不夠讓她付帳。

良箴走到門口，來得太早。握著手機，正在煩惱要不要撥給拾夜的時候，一群穿著軍裝的青年對她拚命揮手，「良箴！良——箴！這裡這裡——」

她瞪大眼睛，為什麼他們認得出來？

當中最帥的那個一跳跳到她面前，非常激動，「良箴！我是阿丑啊～」還沒撲上去，已經讓一個戴著眼鏡的斯文青年拖住領子，「你就是學不乖是吧？讓老大撞見，你要脫幾層皮？」

他溫文的衝著良箴笑，「大嫂，我是阿辰。」

「……為什麼你們認得這麼確定？」良箴輕喊。明明沒見過，她也沒說過她穿啥啊？

這五個地支戰隊張口結舌，露出尷尬的表情，卻咳嗽的咳嗽，傻笑的傻笑，別開頭的別開頭。

總不能跟她講，老大的座位貼了好幾張她的偷拍，天天這麼看，早看熟了吧？他們跟天借膽也不敢洩漏老大的祕密。

但看著老大吃了好幾個月的黑糖饅頭，他們的目光不約而同的盯著良箴看。

……原來如此。果然像是剛出蒸籠的黑糖饅頭，QQ的，像是戳下去還會ㄉㄨㄞㄉㄨㄞ這樣充滿彈性。這不是觀賞性的少女，而是食用性的……

沒想到地獄之歌神級人物，居然是個食用性少女啊。從另一個角度來說，老大的執著也不是那麼難以理解的……

阿丑那傻孩子沒管住自己的手，真的去戳了戳良箴的臉，「……觸感真好欸。果然像黑糖饅頭……」

「你那根手指，不要了，是吧？」森冷的聲音從背後傳來。

順著阿丑驚恐的眼光，她看到了……

等等！這兒應該是有夕陽餘暉的溫暖人間，對吧？時值初夏，溫度偏高……為啥應該在地獄底層的黑殭尸會出現在陽光下啊?!

看那黑暗而強大的氣場！陰風陣陣、鬼哭神號的氛圍！難道淡水某處有了地獄的裂縫，讓黑殭尸帝王降臨了嗎？

她得咬著牙才不至於發出噠噠的輕響。

看著穿著軍服非常英挺的他，一步步走近，她的驚恐也節節升高。阿丑說得沒錯，L的外表，斷頭騎士的氣勢，一整個地獄產物，卻在陽光下行走。

……這不會引來什麼驅魔神父或除妖道長嗎？

在良箴面前站定，他燦笑，鎢絲眼鏡和白牙一起發出「錚」的輕響。驚恐如故，卻被驚豔壓了過去，非常考驗心臟。

「良家子，看呆了呢。」他伸手，讓良箴倒抽了一口冷氣……卻只是將她散下來的頭髮別到耳後。

……他真的是黑殭尸先生，拾夜！

良箴在心底呈現了孟克吶喊狀態，不知道該哭還是該笑。

拾夜眼睛微偏，看著阿丑，眼鏡閃過一道寒光，笑容轉獰惡。

「我錯了，老大！」阿丑臉孔慘白的舉手投降，眼眶含淚，「今天我買單、我買單！」

「哼哼，」拾夜推了推眼鏡，「今天我心情好，」含情脈脈的看了一眼良箴，「就這樣吧。」

良箴的小腿肚當場就抽筋了。

第九章

平心而論，拾夜是個很有氣勢的男人。

雖然個子不高，長了一雙眼白太多的三白眼，天生黑眼圈，線條太柔和，皮膚也過分蒼白……但他往哪兒一站，就充滿了強大的存在感，一整個高大起來。

簡單說，就是長得像L的黑帝王。他拿什麼槍？就該拿根大鐮刀坐在骨頭架構的寶座上，管個群魔眾鬼，跑來人間做什麼……？

不過他穿軍服真適合、真英挺。

結果不管是地獄之歌還是現實的人間，拾夜對她笑得越燦爛，她抖得更厲害。雖然很變態，但不知道是驚恐中帶著些許興奮，還是興奮中帶著強烈的驚恐，非常複雜。

不管是哪種，良箴還是鎮靜下來——表面上。

拾夜對著坐在旁邊的良箴露出比冷氣還有效的笑容，「我姓墨，墨子的墨。墨洗業。」他沾了點水，在桌子上寫了起來。

……好黑的姓。越洗越黑的名字。這名字誰取的，怎麼這麼契合？

「我、我姓梁，梁山伯的梁，勸誡的誡。」她也在桌子上寫著。

「咯咯。」拾夜輕笑，「良家子，妳的名字這樣正經八百。」

她還來不及回答，阿丑就搶話了，「良箴！我本名叫做……」

「誰問你了？」拾夜冷冷的看著阿丑，「你們就是子丑寅卯辰，地支戰隊。」他轉頭對良箴說，「不用費神記他們名字，照舊叫就好。」

「老大你太過分了！我也是媽生爹養，連名字都不給人講的！」阿丑掩面悲泣。

……喂喂。雖然長得又高又帥，阿丑你還真是一整個小白誘受。良箴默默的想著。

（其實他真的不是……）

「老大你這樣不對，哪有掐幼苗掐到自己兄弟的？」阿子抱怨了。

「有異性沒人性……」阿卯也搖頭。

阿辰嘆氣，「你們這群學不乖的……少說兩句。」

阿寅舉手，「我最乖，都沒講話。」

吵得很歡，拾夜輕飄飄的說，「誰想用兩條腿走回飯店的？」

所有的人立刻見風轉舵，把話題轉到安全的方向……比方說地獄之歌準備開放的幫戰與冥道奪魁，和據說要跟曼珠沙華聯合舉辦的爭霸賽。

這話題一開，原本侷促不安的良箴眼睛發亮，滔滔不絕的和大夥兒一起制定計畫和戰略。過去她苦於生計，這些活動都只能忍痛放棄，現在生活略微穩定了，她也躍躍欲試。

地支戰隊本來就是群大孩子，更是興致勃勃，這餐飯吃下來，虛擬的親近也延伸到現實來，非常融洽。

拾夜很少說話，只是含笑聽著他們講話……或者說，聽良箴講話。

終於又離她近了一步。

這只是良家子的一小步，卻是他拾夜的一大步。會是很大一步。

吃過飯後，拾夜將鑰匙扔給阿辰，「把他們載回去。」

「欸？」阿丑抗議了，「不是要跟良箴去唱歌嗎？……」看到老大眼鏡閃過冰冷的殺人寒光，小白誘受也突然長智慧了，「咳，明天一早就要回去了，還是早點休息的好。」

這五個人不敢問老大怎麼回去，和要不要回去。幾乎一致的低頭替黑糖饅頭……呃，替良箴祈禱冥福。

看著他們走遠，良箴微張著嘴，「那、那個……你怎麼回去？」

拾夜彎起一個不像懷好意的微笑，沒有正面回答她的問題，「我送妳回去。」

「不、不用了！」良箴雙手亂搖，「我、我自己可以……捷運站很近的！你不是明天一早就得走了？還、還是……還是早點回去休息吧……」

拾夜一手撐著牆，一邊拿下眼鏡。被他毫無遮蔽的三白眼注視，良箴一整個緊緊的貼在牆壁上，動都不敢動。

「其實，我整個晚上都在忍耐。」他用又冰冷又低啞的嗓音細語，「我想把妳從頭吃到腳，連根頭髮都不剩。」

嘎！良箴在心底無聲的慘叫一聲，全身毛髮能豎的都豎起來了。

「但這樣會嚇壞妳，所以我不會對妳怎麼樣。」

……你已經快把我嚇死了！

「不過，良家子……」他輕輕的滑過良箴的肩膀和上臂，輕得像是羽毛輕拂，讓她雞皮疙瘩狂冒如蕁麻疹，「妳若不滿足我『送妳回家』的願望，能不能自我控制……我可不知道了。」

……這是威脅吧?!

「你、你你你……」良箴快哭出來，「你別在我這兒浪費時間，我又不是美女……」

「誰說不是？」拾夜逼近她，讓她的小腿肚再次華麗麗的抽筋，「在唐朝絕對豔冠京華。」

……你的審美觀是怎麼回事啊?!一定要復古到一千五百年前嗎?!

終究軟弱的饅頭M還是抗不過強悍的黑帝王，臉孔蒼白的一起搭捷運，讓他送回家了。

一路上，拾夜都搭著她後肘，非常有禮貌。但她臉孔的潮紅一直沒褪，心跳快到快罷工……他怎麼不乾脆的見光死啊？難道黑殭尸帝王的審美觀真的留在唐朝忘記Update嗎？

唉，好想吃。盯著她渾圓的肩膀和胳臂，拾夜磨了磨牙。但爭一時不如爭千秋。他可是擁有狩獵者的耐性啊。

「到、到了……」良箴低頭，「謝、謝謝你送我回家。」

拾夜把她的頭抬起來，緩緩的笑了起來，帶著強烈的飢餓感。戰鬥本能強烈的良箴立刻摀住自己的嘴……卻第一次先讀失誤。

拾夜把她抱個滿懷，異常純潔的吻了她的額頭，輕輕拍著她的背，非常溫柔的。「我說過，不會對妳怎麼樣……短期間內。所以……下週日我來看妳。」

「……不要。」良箴發抖起來。她最不能抗拒的不是激情，而是溫柔。她會溺斃的。地獄之歌就算了……現實也淹死豈不是太悲慘？

「拒絕我？」他的唇幾乎觸到良箴的耳垂，「妳知道的，我忍了很久……妳若不給我一點期待，我可不知道能不能……」

「竭誠歡迎！」良箴非常沒有骨氣的投降了，「你……真的不會對我怎麼樣吧？」

「下個週日不會……現實中不會。」他終於放開良箴，「既然妳這麼歡迎我，今天就先饒了妳吧。」

他回眸一笑，充滿南極加上北極的涼爽溫度，讓這個夏夜如此宜人……需要穿上大衣。

吐出一口長氣，良箴把頭抵在牆壁上。對這樣軟弱又非常M的自己，她感到極度的絕望。

黑殭尸先生是個言必信、行必果的人物。等他們回去以後，良箴很慘痛的體會到這點。

他們回去後上線，本來跟阿丑他們在小酒館閒聊，正準備要去打副本……隨後上線的拾夜，照慣例問了「良家子，在哪？」就到小酒館，在眾目睽睽之下，把金鑰匙遞給她。

阿丑噴了阿卯一臉的酒，阿子把酒全倒在衣服上了。

良箴趕緊密語，「你說不會對我怎麼樣的！」

「現實不會。」拾夜狂發邀請，「妳想在這兒疏洪，還是讓我在現實潰堤？我可是知道妳住哪了。」他在心底添一句，其實早就知道了。

……這是赤裸裸的威脅啊!!

但回頭一看，地支戰隊瞪著他們倆，眼睛閃爍著發現大八卦的光芒。

……先離開這兒再說吧。

於是缺乏鈣質（沒骨氣）的饅頭M，又糊裡糊塗的被黑殭尸帝王抓去開房間「疏洪」了，跟上回的和風細雨不同，這次可比強烈颱風。而且被吃得連根頭髮也不剩。

感想？良箴的唯一感想是……現實絕對不能被吃掉，會死人的。

她奄奄一息的躺著，黑殭尸先生意猶未盡的正在啃她的胳臂和肩膀。

「……我還沒死，你不能對我使用『食屍』。」她一整個欲哭無淚。

「現實不能吃妳，只好設法在這裡滿足一下食慾。」他非常不滿，「我要吃黑糖饅頭！」

「……你去死吧！拾夜。」現在她知道誰是黑糖饅頭了。

「咯咯。」他發出森冷的低笑，「膽子肥了啊，良家子……」

她大概是被吐出來然後又徹底的吃了一次。再次堅定信念。絕對絕對，不能在現實被吃掉。這已經不是恐怖可以形容了。

實在被吃得太徹底，所以週日來臨的時候，良箴動了一百次想逃跑的念頭……但她是個膽小鬼。她不敢想像，萬一她逃跑了，黑殭尸先生會怎麼對待她……什麼叫做不寒而慄？這就是了。

但又一次的超乎她的想像……黑殭尸先生提著一大包的菜，爬到她那頂樓加蓋熱死人的居處，在她簡陋的廚房，俐落的煮了三菜一湯，一臉平和的和她一起吃飯。如在夢中。

「好吃嗎？」他的笑還是很陰森，卻在她心底湧起不應該有的暖意，非常危險。

「……很好吃。」她低頭吃飯，不敢看他。

拾夜咯咯笑了一聲，沒說什麼，只是幫她挾菜。

死定了。

吃過飯以後，她心情非常糾結複雜的去洗碗，拾夜也擠進簡陋狹小的廚房，幫著擦碗。

真的死定了。

「感動到想哭？」拾夜輕笑，「良家子，過來。」

她不該過去的。但良箴像是著了魔，乖乖的過去，拾夜輕哄著，「我說過，不會對妳怎麼樣。」就把她摟在懷裡，純潔的一起看他帶來的DVD。

雖然是恐怖片，但良箴看得直哭。

「我說過，我會一點一點的慢慢腐蝕。」拾夜撫著她的背，「我知道妳的渴望。所以，我下個禮拜日還會來。良家子，妳終究會讓我馴養的……就別掙扎了。」

「拾夜，你是壞人……」專門攻擊最脆弱的弱點。

「我是誠實的壞人。」拾夜陰森森的笑，「下週日我會再來。同樣的，不會對妳怎麼樣。良家子，說，好。」

她啜泣了一會兒，「……好。」

拾夜露出非常滿意（卻也夠嚇哭小孩）的微笑。

在這種另類的冰火九重天之下，到暑假的時候，缺乏鈣質的饅頭M成了黑殭尸帝王的女朋友……以結婚為前提。

黑殭尸帝王也終於滿足了「飽餐黑糖饅頭」的願望。

幸好他現實的吃相很斯文（和地獄之歌比較起來），所以除了被啃了許多牙印，腰有點痛，良箴倒沒有性命之憂。

只是直到被吃得連渣都不剩了，饅頭M還沒搞清楚，為什麼就成了他的女朋友……而且還打算畢業就結婚。

……為啥、為啥、為啥啊？

半闔著眼睛，難得拾夜有正常溫度的時刻，「如果我未來的岳父撫養妳，或者我有個很有責任感的大舅子，讓妳多享受幾年青春也無所謂……妳是良家子，對感情很看重，何況我們都這樣了……不會跑的。」

他將良箴塞在懷裡，「可惜妳兩個都沒有。軍眷呢，聚少離多，恐怕我只有假日才回家。但我想妳夠堅強的，沒問題。妳也不像是適合出去職場混的人，愛念書就繼續念吧。台中學校很多，妳就念，念到雙博士也無所謂，我養妳。」

然後他就睡著了。

可良箴睜眼睜了一整夜，紅著眼眶，注視著他平靜的睡顏。

拾夜是個渾球，專門攻擊人家最痛的點，非常霸道蠻橫。但他願意為她花心思，願意愛護照顧她。這還真是新奇的體驗。

整個晚上，她想了很多、很多。看著拾夜闔目穩睡，沒有黑暗強大的氣場……看起來格外年輕，天生的黑眼圈讓他顯得疲憊、脆弱。

為什麼會怕拾夜呢？一開始的時候，根本不怕吧？

大概是，真的被他吸引了，她真正懼怕的是……淪陷吧？不想改變這種熱鬧又融洽的生活，不想失去拾夜。

拾夜啊……嘿嘿。他坦白，他真正的專業是心理學，網路資訊只是業餘興趣。他和地支戰隊差不多，都是玩太大、玩太猛，才被迫入伍當起職業軍人。

他不無自傲的說，「我可是符合當代黃金單身漢的標準，『有房有車，父母雙亡』。但父母是不是雙亡我不知道，出生就被丟在醫院裡，想知道也沒辦法吧？」

「……你，想找他們嗎？」良箴小心翼翼的問，心底隱隱作痛。

「咯咯。」拾夜發出陰冷的笑，「不就一對提供精子和卵子的男女？找來幹嘛？不過咱將來的孩子不會這麼評價我們。」他往良箴的胳臂磨牙，「心疼了吧？這招對妳很有效的。」

……連「身世堪憐」都敢拿來算計，這個人喔……

但她很喜歡，很喜歡黑殭尸先生。

沒錯，都這樣了，容他入侵生活和未來，她的確不會更改。她原本就一無所有，最壞也不過，再次一無所有。

她玩過那麼多網遊，哪一次不是白手起家？她可是，高手高手高高手啊，連玩個網路遊戲都能養活自己好多年的。她行的。

最少，願意花那麼多心思的黑殭尸先生，現在屬於她。

你。」

第二天早上，拾夜要走了，良箴凝視了他一會兒，「……敢劈腿我就劈了

拾夜緩緩的張大眼睛，此刻的黑殭尸帝王，看起來格外的像個人……直到他

彎起鱷魚似的笑意，「若我這麼幹，妳就把我大卸八塊吧。」

「哼。」良箴笑了。

「良家子，表情不錯啊。」拾夜朝她翹了翹拇指，「總算想通了。」

送他下樓，看他開車絕塵而去。良箴仰頭，發現永和偶爾也有這樣萬里無雲

的湛藍晴空。

活著，真不錯。

第十章

自從「頓悟」之後，良箴頗恢復了過去的高手風範。連被地支戰隊圍著問八卦，都能老神在在，隔著他們大喊，「拾夜！阿丑他們想知道你吃黑糖饅頭的心得……」

「每個人交上五千萬來，我就開講。」拾夜冷笑兩聲，「不二價，概不賒欠。」

連這都能賣錢啊……太佩服了。良箴心底默默的想。幸好已經脫離被他黑的範圍。

現在她在地獄之歌的生活頗悠閒。自從她開了先例，靠罪犯發災難財，在封頂普遍的地獄之歌，也掀起了一股新興勢力，幾個公會都有特有的獵殺小隊，用團隊作戰的方式和罪犯周旋，世界頻道天天都很熱鬧。

她奸商的方向，也開始轉向武器製造和各式各樣的高等材料。原本是覺得拾夜這樣衝爆無數廢槍非常心痛，所以才練的武器製造，在封頂者日眾的情形下，副本的武器已經無法滿足龐大的市場了。她這個很早就練生活技能的專家級武器師，開始改行當軍火販子。

除了和拾夜他們去打打副本，帶帶任務，她已經很少出手了。但她創下的豐功偉業，卻一直沒有人突破。偶爾有那不知死活的人願意交錢跟她PK，還是被虐得淚撒演武場。

她以為，過去的仇恨早就煙消雲散，她也能放心養老了。卻沒有想到，她是畜生殺手的始作俑者，畜生們的怨恨，總是亙久而綿長。

這天，拾夜發簡訊給她，說他們有個案子要趕，三、四天不能上線了。良箴簡短的發了「OK」給他。

不是不想多說幾句，而是他們有特殊任務的時候，通常會關機，她搶在關機前回答。她不想拾夜擔心。

這是很平常的事情，她也沒放在心上。整理鋪子以後就去小副本單打材料，這個小小的鋪子讓她快還清助學貸款，同時提供房租，她一直沒有鬆懈下來。

第二天，卻出了狀況。許久沒人跟蹤她，今天卻出了大批的跟蹤者。換了幾個城門，都被盯梢，讓她有些詫異。

最後她沿著城牆想潛到西城門……卻在城西城牆附近，中了泥淖術，並且被扔了兩個封物卷和破隱卷。

……這是城裡啊……難道是bug？她正要解術逃脫，卻挨了一記詛咒，發不出任何聲音。不能唱法、無法施術。

埋伏著的刺客獰笑著圍上來，帶頭的還是熟人，那個一夜七次狼。

他手上發著黑暗的光，冷笑幾聲，「良箴，妳終究還是落到我手底……要等妳落單還真不簡單啊。我昨天才領悟的絕學『沉默』，滋味如何啊？」

良箴瞪著他，發不出一點聲音。

一夜七次狼一把抓住她的前襟，「等我將妳被我享用的影片放上論壇……我很想看看那個爛殭尸的表情……一定很精彩吧？對了，妳還能下達昏迷的指令嗎？大概不能了……這樣才有樂趣嘛……」

白癡。就你有絕學，我沒有？

一道從天而降的冰雷，將一夜七次狼打入了地下三尺，湧起驚人的蕈狀雲。不愧是血牛狂鬥，居然還留了點血皮。無法施法的良箴，卻拔出她的法劍，刺入一夜七次狼的心臟。

驚呆了幾秒的刺客們，一湧而上，陷身重圍的良箴只是微微一笑，將法劍刺入自己的咽喉，化作一道白光，消失了。

所有的人都靜悄悄的。從來沒有人在地獄之歌自殺，良箴是第一個。

【世界頻道】良箴：原來自殺是可以的呢！以後不想被搶、不想被強暴，倒是多了條自救的方法。

這個消息轟動了地獄之歌。大批以搶劫、強暴為樂的罪犯都恐慌起來，紛紛向華雪抗議，但華雪堅持這不是bug，卻修補了城西城內視同城外的區域。

當然，這些徒勞無功的罪犯刺客群情激憤，一夜七次狼把她堵在大馬路上破口大罵，她也只掏了掏耳朵。

讓她很無言的是，這段影片又被放上論壇了，真不知道這些畜生在想什麼。她並不覺得這是什麼大事，甚至覺得破解了罪犯的樂趣，很有成就感。

但拾夜顯然不同意她的看法。臉色鐵青的把她罵了一頓……回頭看到黑殭尸先生失去冷靜。

不但如此，他還花了一筆大錢砸地獄之歌最大的公會，直接和影片刺客群的所屬公會一一開啟幫戰。

他甚至帶著地支戰隊暫時加入名為「眾神黃昏」的第一公會，足足殺滿了一整個禮拜。良箴嘆了很多口氣，不得不跟著加入，成為敵人最恐懼的雪白身影。

就在這個禮拜的血腥殺戮中，良箴奠定了地獄之歌傳奇的身分，無數影片見證了她的強悍，至此再也無人出其右。

＊　＊　＊

良箴和拾夜吵了一場非常人類的架。

終於結束專案，開車北上的拾夜帶著颳著暴風雪的黑暗氣場，一見到良箴就說，「離婚。然後妳轉去曼珠沙華。」

然後震怒的饅頭M和更震怒的黑殭尸帝王，在人間永和的頂樓加蓋開戰了。

所謂真理越辯越明，在很多眼淚和暴怒之後，良箴終於搞清楚了，拾夜怕發生類似的事情，所以要良箴轉去安全、陽光又向上的曼珠沙華。但移民的要件之一是解除婚姻關係。

「我在曼珠沙華有封頂的人物。」拾夜疲倦的抹抹臉，「到那邊再結婚。」

「我還有很多財產需要處理！」她覺得拾夜實在太小題大作，「何況又不是什麼大事……就算將來又遇到了，還是可以自殺求免……」

「住口！」拾夜完全失去他那種陰森的泰然和冷靜，暴怒得非常可怕，「聽好，不管是遊戲還是現實，妳通通不准擦破自己一塊皮！」

「……那只是遊戲。」被嚇住的良箴，愣了幾秒才訥訥的回嘴。

「良家子，我不是今天才認識妳。」拾夜抓著她的手臂，認真的像是要焚燒，「妳馴良外表下有非常狠戾的一面。人生有很多意外和災難，妳要想的不是暴烈的玉石俱焚，而是想盡辦法保住自己的命！被野狗咬了一口，是要去打狂犬病疫苗看醫生，不是把自己殺死……妳怎麼可以、怎麼可以……」

他握著良箴的手，在發抖。

太奇怪了，都不像他了。黑殭尸帝王欸，在發抖。

「我才不會那樣……」良箴短促的笑了一下，把臉別開。

「看著我的眼睛，回答我。」拾夜聲音冷了下來，「妳發誓現實遇到這種災難，會想盡辦法保住自己的命。」

她看著拾夜的眼睛，發現自己無法回答。她不能接受不合理的污穢。這麼小心翼翼的照顧著自己長大，她不能容忍這種災難。

「我就知道，我就知道。」拾夜咬牙切齒，「良家子！快發誓，不管遇到什麼事情都會保住自己的命！」

「我……」她說不出話來。在常識裡，網路遊戲是不能自殺的。她割開自己咽喉的時候就覺悟到，她無法接受這種厄運降臨到自己身上，士可殺不可辱。她沒意識到自己在地獄之歌，她是反射性的反應……她不想對拾夜撒謊。因為拾夜從來都沒騙過她，再怎麼黑也都黑得光明正大。

「妳……」氣得發抖的拾夜瞪了她一會兒，頹下肩膀，緊緊抱住她，「妳真的從頭到尾都是正正經經的良家子。為什麼把自己教得這麼狷介、這麼直……」

因為不這樣，就會在這污濁的世間滅頂啊。不抱緊自尊和狷介，那她還剩什麼可以自傲呢？但拾夜懂吧？他一直都把她看破、無所遁形。所以才會瞥一眼影片，就暴怒的知道她會真的玉石俱焚。

「……我若被弄髒，你不生氣嗎？」她弱弱的問。

「妳永遠是乾淨的良家子，不管發生什麼事情。地獄之歌不適合妳。」拾夜低聲，含著良箴很陌生的痛苦，「良家子，妳發誓。發誓不管發生任何事情，在什麼地方，妳都會保住自己的命。」

她眨了眨眼睛，眼前還是一片霧氣。「……我發誓。」

雖然損失很多，但良箴把手頭的存貨和財產都變現，夠她交上一年的房租，上、下學期的學費，說起來，她在網路遊戲搶錢還真有一套啊……

但她想休息一下了。學校有固定的打工，畢業前的生活應該沒有問題。

雖然拾夜一直想乾脆的養她啦，不過她拒絕了。雖然缺乏鈣質，但她還是有牢不可破的底線。

前往曼珠沙華，得跟冥道主交談。她獨自走入華美的冥宮，俊美無儔的冥道主撐著頰看她。

「良箴小友，好久不見。」冥道主笑意盈盈，「去了妖界，就不會回來了吧？」很輕很輕的嘆了口氣。

良箴微張著嘴，「……你是NPC對吧？」

「嘖，若不是挺喜歡妳，一定會痛責妳的無禮。」冥道主瞪她，「好歹我是有高超AI的冥道之主，地獄之歌所有事情鉅細靡遺、無所不知。現在妳還是我的子民呢，不喊主上，居然說什麼NPC……太失禮了。」

「……主上，恕我無禮。」良箴非常從善如流。

冥道主展顏一笑，「算了。誰讓我喜歡妳呢？雖然妳這樣的不適合這個罪惡的世界……但任何社會，都需要『異端』的刺激。妳相當努力的證明這個理論了。」

他趨上前，俯瞰著半跪在地的良箴，輕輕摸她的頭。「可愛的『異端』啊，妳將離開這個世界。告訴我，這格格不入的世界，妳曾有過美好值得回憶的記憶嗎？」

她抬頭看著這個有趣又放蕩的冥道之主，眼睛慢慢湧出淚水，笑著。「主上，曾為你的子民，我非常榮幸，我會永遠記得你。我在這裡，遇到一個人，有些時候，覺得和你很像。」

冥道主垂下眼簾，思索了一會兒，不滿的說，「嘖，哪是。我比妳的那人和藹可親多了，溫度也比較高。」

良箴含著眼淚笑得很開懷。

「去吧！可愛的異端。」冥道主揚手，「或許我們會在冥道遠征時……戰場上見。很期待和妳交手哪……地獄之歌的傳奇。」

帶著冥道主怪異的祝福，她踏過光門，離開了地獄之歌。

第十一章

緩緩睜開眼睛，妖界三十一國，就在她眼前。

晴朗、明淨，美麗得如詩如畫。難怪冥道主念念不忘，屢次發動戰爭想要拿到妖界。

難以言喻的感動。這是個安全的世界，不用擔心突然遭遇任何暴虐和罪惡。她有種徹底放鬆的感覺，嘴角不禁緩緩勾起……雖然她御劍飛行得非常危險。

地獄之歌只有飛行座騎，卻沒有御劍飛行。但所有的座騎和金錢都不能帶過來，身上的裝備一週後也會報廢，等於是白身移民。系統很貼心的讓等級符合的原冥道居民不用任務就能御劍，只是摔死的機率還是一樣高。

不過這沒難倒良箴。她從中都飛到望蜀時，已經熟練得可以玩花式了。

這也是拾夜指定的。他說，他在曼珠沙華的人物也是同個名字，是巴蛇一族，要她也歸化到巴族來。

反正她哪一國都不熟，也沒差。只是望蜀……真是美啊。充滿湖泊沼澤，明淨若翡翠。國主讓她驚豔極了，雖然巴族人原本就雌雄莫辨的美麗，但沒想到國主能夠美得這樣靜謐又莊嚴。

國主很和藹的接受了她，在她這人魂道師的額頭打上水印。她自此成了巴國的子民，並且學會波渡——事實上就是水上行走。

夏日晴好，水光瀲灩。因為這個水印，她讓巴族人接受了。雖然她有些奇怪為什麼看不到玩家，但和NPC聊天頗有意思，也接了些小任務。甚至她還看到國主的妻子和女兒，還跟那小公主玩了一會兒。

很久以後，她才知道，巴國號稱妖界三十一國倒數第二，物產貧瘠、人口稀少，只贏悲摧至極的陌桑神民。真能被分來巴國的玩家數量也真的是不多，非常罕見。

「良家子，在哪？」曼珠沙華的拾夜密她，害她恍惚了一下。

「……剛歸化了，我在望蜀。」

「就來。」

於是，她在明豔陽光下，見到了曼珠沙華的拾夜。

只見他踏波而來，擁有巴蛇固有的雌雄莫辨之美，和纖細柔和的身段……

但為什麼依舊冒著黑暗而強大的氣場，那種陰風大作、充滿北極風味的鱷魚笑，是怎麼出現在那樣美麗的臉上……？

如此燦爛明媚的場景，出現一隻從地獄爬出來的黑巴蛇帝王攻。這是怎樣悲摧的一種才能？

良箴悲嘆了。喜歡這樣陰森森的地獄產物……這樣的自己……

當拾夜對她展現了讓人小腿抽筋的笑容後……她再次確認了自己是個悲慘饅頭M的事實。

*　　*　　*

移民到曼珠沙華，最高興的是地支戰隊。

阿卯喜極而泣，說他終於不用跪CPU了。讓女朋友和老大夾殺，他夾縫裡求生存得好不辛苦。

「真的辛苦你們了。」良箴誠懇的說。

「三八啦，說啥啊。是不是兄弟？」阿丑笑得非常燦爛，他是隻非常妖媚的九尾狐，只是那種小白誘受的氣質一點都沒變，「我啊，在曼珠沙華叫做……」

「誰問你了？」拾夜眼皮都沒抬，「你們就是地支戰隊，不用報名字。良家子，不用記他們叫啥，反正就是子丑寅卯辰。」

「老大！你怎麼老欺負我們……連名字都亂改，不依啦！」阿丑噴淚了。

「也顧一下我們的面子……」

「就是啊，我公會會長捏！」

「我說你們……」阿辰嘆氣，他是帥氣的引國狼族，卻戴著眼鏡，「你們少說幾句吧，怎麼都學不乖。」

「我什麼都沒說唷！」阿寅豎起手指，笑咪咪的。橫看豎看，沒有半點真龍族的氣質。

吵得很歡，這個血脈天賦是「千里毒殺」的毒巴蛇露出爬蟲類的森冷微笑，

「再吵明天都去改名。」

世界瞬間和諧安靜了。

……果然在什麼地方都一樣，黑帝王總攻就是黑帝王總攻。只是從黑殭屍變成黑巴蛇罷了……而且應該沒毒的巴蛇，毒得不得了。

曼珠沙華真是了不起的全息遊戲，這樣體察每個人的特質，分配得再適合也不過了。

在曼珠沙華，良箴度過她大學最後一年。這一年的刻苦用功，讓她吊車尾考上了台中某所大學的研究所。

也在她畢業那一天，成了軍眷。除了從地獄來的新郎嚇壞了她所有的同學和教授，可以說簡單精緻的婚禮完美無缺。

我真是高手中的高手。良箴默默的想。玩網路遊戲不但養活自己許多年，甚至在全息網遊拐到一張長期飯票。

長期飯票還挺賢慧的，非常居家疼老婆……就有些陰風慘慘，足以嚇哭大人小孩。

只是，誰能告訴她，她是怎麼拐到的？為什麼都結婚了，她還是不知道？

至於事實上，她才是被拐的饅頭M這個悲摧事實，她非常鴕鳥的拒絕承認。

不過穿著軍服、冒著地獄之氣的長期飯票，倒是很開心每天都能合理合法的吃黑糖饅頭了，甚至可以生群小饅頭，在他們長大之前可以偷啃幾口胖胳臂。

可喜可賀，可喜可賀！

（地獄之歌完）

作者的話

其實我一直都很喜歡網遊文。

可能是我玩遊戲多年，遊戲經歷過許多，也有些感悟，我在網遊尚未成為一個類別的時候，就寫過兩部網遊小說，甚至寫了不少魔獸同人。

一開始，《曼珠沙華》和〈地獄之歌〉，我本來是打算出成同人誌的。

因為，這兩篇算是練筆用的網遊小說，我是寫給玩過多年遊戲，也很喜歡看大陸網遊小說的讀者看的。需要解釋到這個狹窄圈子外的讀者了解，那個工程太龐大，也不是我的本衷。

說白些，我既然不想寫註解頻頻打斷情緒，那就不該出成商業誌，不然頗有騙錢的嫌疑。

忐忑了幾天，我還是硬著頭皮跟老闆提了這個疑慮。

結果老闆說，「別人能說騙錢，妳是不用擔心的。妳的小說都貼在部落格，大大方方等人來看，看過買了還說騙錢，那是欺負人了。」

我想了想，決定就這樣吧！

我不喜歡註解，因為覺得會打斷閱讀情緒，再說，部落格讀者很熱情，所有的疑問幾乎都在迴響中解答過了，或許我可以偷懶一下。

於是，就出現了這樣非常「同人誌」風格的網遊小說。或許有些不負責任，但我相信，不算騙錢。

《曼珠沙華》和〈地獄之歌〉都算是《瓊曇剎那》的衍生小說。

在這部作品中，設定為作家綠方寫了《瓊曇剎那》，並且做了「妖界三十一國」詳盡而龐大的設定集，已經和華雪敲定作為全息遊戲「曼珠沙華」的故事主幹，但還沒開工，綠方就過世了。

之後才由綠方的好友莫雁迴（雁遲）接手企劃。

當然，既然故事設定發生於二十一世紀中葉，那五十九年次的雁遲起碼也八十歲了，五十二年次的驕華更抵達八十七歲的高齡。

我想過這樣的年紀真的太大，矛盾過要不要改，最後還是保留了設定。就當作二十一世紀中葉醫學發達，延長了人類生命上限吧！

於是，充滿青春又青澀氣息的《曼珠沙華》，有了有史以來年紀最大的男女主角，完完全全的年逾古稀。

但這對老太太和老先生實在太可愛了，我不想改設定。我也知道結局太童話了，但我也不想改……希望我八十歲時回頭看這個故事，心裡還能燃起一點點溫暖的火花，不至於畏懼死亡。

畢竟，我將會是蝴蝶第一個也是最後一個讀者。

* * *

〈地獄之歌〉會誕生，其實是因為讀者回應的關係。

有不少讀者好奇既然有了全息遊戲，怎麼會這麼純潔？畢竟全息遊戲真正賺錢的部分，應該就在十八禁版本吧？

其實我不該深想，只是找自己麻煩而已。可我不但深想，還寫了出來。

只是我沒想到我會寫出這麼黑（殭屍帝王攻）吃黑（糖饅頭）的驚悚喜劇，邊寫的時候我邊狂笑。

我真喜歡這個氣勢十足的黑帝王攻，雖然愛倫非常討厭就是了。

不過她也得接受事實……誰讓我寫作連自己都控制不住，只能對暴君的惡作劇俯首稱臣呢？

當然，這是個很小白、很歡樂的故事……但人生就是要這麼小白、這麼歡樂才過得下去。

不管怎樣，這樣無拘束的作品，讓我很愉快。即使有淡淡的歉疚……既然有人幫我找好理由了，也就可以扔到瓦斯爐燒掉。

依舊感謝諸君同行，希望能在下本書裡相逢。

2010/5/31

國家圖書館出版品預行編目資料

曼珠沙華 / 蝴蝶著. -- 初版.
-- 新北市 : 雅書堂文化, 2010.09
面； 公分. -- (蝴蝶館 ; 42)
ISBN 978-986-6277-38-2(平裝)

857.7　　99015000

蝴蝶館 42

曼珠沙華

作　　者／蝴　蝶
發 行 人／詹慶和
總 編 輯／蔡麗玲
特約編輯／黃子千
執行編輯／蔡毓玲
編　　輯／林昱彤・詹凱雲・劉蕙寧・黃璟安・陳姿伶
執行美編／陳麗娜
美術編輯／李盈儀・周盈汝
封面繪圖／PAPARAYA
出版者／雅書堂文化事業有限公司
郵政劃撥帳號／18225950
戶名／雅書堂文化事業有限公司
地址／新北市板橋區板新路206號3樓
電子信箱／elegant.books@msa.hinet.net
電話／（02）8952-4078
傳真／（02）8952-4084

2010年9月初版一刷　2014年1月二版二刷　定價240元

總經銷／朝日文化事業有限公司
進退貨地址／新北市中和區橋安街15巷1號7樓
電話／（02）2249-7714　傳真／（02）2249-8715
星馬地區總代理：諾文文化事業私人有限公司
新加坡／Novum Organum Publishing House (Pte) Ltd.
20 Old Toh Tuck Road, Singapore 597655.
TEL：65-6462-6141　FAX：65-6469-4043
馬來西亞／Novum Organum Publishing House (M) Sdn. Bhd.
No. 8, Jalan 7/118B, Desa Tun Razak, 56000 Kuala Lumpur, Malaysia
TEL：603-9179-6333　FAX：603-9179-6060

蝴蝶 Seba

蝴蝶 Seba